Wolfgang E.
Lehmann

Die wichtigsten Minuten Ihres Bewerbungsgesprächs

Wolfgang E. Lehmann, Diplom-Psychologe, entwickelte dieses Persönlichkeitsmodell während seines Studienaufenthalts am La Salle College, Philadelphia, USA. Von 1971 – 1974 war er tätig im Projektmanagement beim Institut für Wissenschaftliche Lehrmethoden (IWL) in München, seitdem ist er freiberuflicher Unternehmensberater für namhafte Firmen und Konzerne. Personalberatung, Persönlichkeitsentwicklung, Verkaufs- und Management-Training gehören zu seinen Beratungsschwerpunkten.

Wolfgang E.
Lehmann

Die wichtigsten Minuten Ihres Bewerbungsgesprächs

Wie Sie sich auf Ihren Gesprächspartner richtig einstellen und seine Sympathie gewinnen

- Persönlichkeitsstrukturen erkennen
- Schlagfertig reagieren auf Streßinterviews
- Was tun bei einem Blackout?
- Der positive Gesprächsabschluß

mvg verlag

CIP-Titelaufnahme der Deutschen Bibliothek

Lehmann, Wolfgang:
Die wichtigsten Minuten Ihres Bewerbungsgesprächs : wie Sie sich auf Ihren Gesprächspartner richtig einstellen u. seine Sympathie gewinnen ; Persönlichkeitsstrukturen erkennen, schlagfertig auf Stressinterviews reagieren, was tun bei einem Blackout?, der positive Gesprächsabschluss / Wolfgang Lehmann. – München/Landsberg am Lech : mvg-Verl., 1989
(mvg-Sachbücher)
ISBN 3-478-07440-1

Umschlaggestaltung: Gruber & König, Augsburg
Satz: Fotosatz H. Buck, 8300 Kumhausen
Druck und Bindearbeiten: Presse Druck, Augsburg
Printed in Germany 070 440/389402
ISBN 3-478-07440-1

Inhalt

1. Das Tor zur Persönlichkeitsstruktur

Es ist keineswegs erstaunlich, daß bei einem ausgeschriebenen Stellenangebot für eine freie Position in einem Unternehmen letztendlich die Entscheidung für nur eine Person fällt. Erstaunlich ist nur, daß es die anderen 273 Bewerber aus irgendeinem Grund nicht geschafft haben. Die berühmten „Kaffeeflecken" auf dem Lebenslauf, das optimistische Urlaubsfoto vom letzten Mallorca-Trip oder die Referenz vom wohlmeinenden Schwiegervater dürften in der Zwischenzeit als Entscheidungsgründe ausgedient haben. Für diese formalen Dinge gibt es eine Reihe von Hilfen, die über die Arbeitsämter, über die in dieser Richtung engagierten Verlage und manchmal sogar über die an qualifizierten Mitarbeitern interessierten Betriebe und Institutionen zu erhalten sind.

Die Vorauswahl, die in der Regel anhand der eingesandten schriftlichen Unterlagen erfolgt, bietet jedem Bewerber, der zu einem persönlichen Einstellungsgespräch geladen wird, die gleiche Chance. Gehen wir einmal davon aus, daß normalerweise etwa acht Bewerber in die engere Wahl kommen, dann sind Ihre Chancen schon auf eins zu sieben gestiegen. Die Frage, die sich daraus ergibt, ist:

„Was kann ich tun, um in diesem Bewerberfeld einen besseren Eindruck zu hinterlassen als die anderen?"

Wenn Sie zu einem persönlichen Einstellungsgespräch geladen werden, können Sie davon ausgehen, daß Ihre *fachlichen* Qualitäten für die zu besetzende Position ausreichend sind und daß Sie Ihre schriftlichen Bewerbungsunterlagen so gestaltet haben, daß Ihnen zumindest keine groben Fehler unterlaufen sind.

Viele von Ihnen werden jetzt sagen: Gut, wenn ich die Position haben will, dann muß ich eben auch da durch. Diese Einstellung an sich ist ja nicht schlecht. Fragt sich nur:

Was kann ich aktiv dazu beitragen, um die Situation des persönlichen Einstellungsgesprächs positiv zu gestalten?

Die Antwort darauf gibt dieses Buch. Folgenden Fall habe ich kürzlich selbst erlebt, als ich bei einer großen Versicherungsgesellschaft als externer Berater zur Entscheidungsfindung herangezogen wurde:

Acht Bewerber für die Organisationsleitung einer Landesdirektion hatten exzellente Voraussetzungen für die ausgeschriebene Position. Der Personalverantwortliche hatte zum persönlichen Einstellungsgespräch gebeten. Bei allen Gesprächen hatte ich mich mit Block und Bleistift auf dem Chefsessel plaziert – die Gespräche selbst fanden an einem Besuchertisch in etwa drei Meter Entfernung statt. Alle Bewerber erschienen pünktlich zum vereinbarten Zeitpunkt und hatten offensichtlich auch alle Regeln für ein tadelloses Äußeres beachtet. Jeder der Bewerber hatte etwa eine Stunde Zeit, Fragen nach dem beruflichen Werdegang, nach der familiären Situation, nach Schulbildung oder nach außerberuflichen Interessen zu beantworten. Dies geschah natürlich oft mit einer manchmal eingeübt wirkenden Souveränität. Für die Beurteilung der Entscheidung muß man noch wissen, daß der betreffende Personalverantwortliche ein Mann ohne Umschweife, ohne verklausulierte Aussagen und ohne falsch verstandene Sentimentalitäten ist, wenn es um die Belange seines Unternehmens geht.

Um den Bewerbern den Einstieg in das Gespräch zu erleichtern, hatten wir vereinbart, daß der Personalverantwortliche zunächst einmal einige Informationen über das Unternehmen mit Hilfe von Flip-Chart-Grafiken weitergab. Soweit so gut: die Ausgangslage war also für alle Bewerber gleich. Doch nur einer der Bewerber hatte während dieser acht Gespräche von meiner Person Notiz genommen. Dies geschah noch während der Unternehmenspräsentation mit folgendem Wortlaut:

Bewerber: „Herr . . . , darf ich Ihnen eine Frage stellen?“

Personalverantwortlicher: „Ja.“

Bewerber: Welche Funktion hat Herr L. bei diesem Bewerbungsgespräch?“

Die Verhaltensweise dieses Bewerbers in der geschilderten Situation war mit ausschlaggebend für die Entscheidung. Offensichtlich hatte der Bewerber sehr gut erkannt, daß sein Gesprächspartner eine offene und direkte Frage akzeptieren und respektieren würde. Das soll nun nicht heißen, daß eine solche Verhaltensweise in jedem Bewerbungsgespräch und bei jedem Gesprächspartner einen positiven Eindruck hinterläßt. Wie Sie am eigenen Leib erfahren werden, sind die Menschen so verschieden, daß es einfach keine Patentrezepte, keine weißen Kaninchen aus dem schwarzen Hut und keine allgemeingültigen Psycho-Tricks geben kann.

Ich bin immer wieder überrascht, wie schnell einige Kollegen von mir mit Sprüchen bei der Hand sind, die sich offensichtlich gut verkaufen lassen, die aber einem Bewerber in seiner speziellen Situation kaum weiterhelfen – in manchen Fällen sogar einen nicht wiedergutzumachenden Schaden anrichten:

Man solle sich vornehm zurückhalten, solle nur antworten, wenn man gefragt wird; man solle vorher den aufrechten Blick in die Pupille des Gesprächspartners üben – und manches mehr.

Was nützt es einem mit lebhafter und impulsiver Gestik ausgestatteten jungen Mann, wenn er sich beim Bewerbungsgespräch krampfhaft an der Tischkante festhält, damit man ihm ja keine Hektik vorwerfen kann?

Wem nützt es, wenn eine berufserfahrene Dame mittleren Alters in einem Bewerbungsgespräch plötzlich die Naive oder die Ehrfürchtige spielt?

Bewahren der eigenen Persönlichkeitsstruktur

Damit bin ich bei einem der Hauptanliegen dieses Buches: Ich werde in keiner Weise versuchen, die Persönlichkeitsstruktur der Leser zu verändern. Ich werde nicht versuchen, bestimmte Verhaltensweisen – die psychologisch gesehen möglicherweise logisch erscheinen – als Allheilmittel anzupreisen.

Ich möchte, daß Sie Einblick in Ihre individuelle Persönlichkeitsstruktur erhalten:

Sie sollen erkennen, wo Ihre Vorteile und Stärken liegen, mit welchen Schwächen und Defiziten Sie bei allem, was Sie tun, rechnen müssen.

Bei diesem Persönlichkeitsmodell wird von der unbestrittenen Tatsache ausgegangen, daß die Persönlichkeitsentwicklung eines Menschen mit dem Ende der Pubertätsphase (ob mit 16, 19 oder 24 Jahren) abgeschlossen ist. Nicht umsonst stellt man nach dieser – nicht unbedingt allein entscheidenden – Phase jungen Leuten ein Zeugnis der Reife aus, sei es nun in Form eines Schul- beziehungsweise Studienabschlusses oder auch in rechtlicher Hinsicht.

Was sich im Laufe des Lebens jedoch noch ändert, sind Verhaltensweisen, die aufgrund unterschiedlicher Situationen neu hinzugelernt werden müssen, oder auch Verhaltensweisen, die ein bestimmter Beruf, eine bestimmte gesellschaftliche Stellung, die Zugehörigkeit zu politischen, religiösen oder anderen Gruppen erforderlich machen.

Die Persönlichkeitsstruktur selbst bleibt trotz unterschiedlichster Einflüsse in ihrer Anlage, der eine Entwicklungszeit von fast zwei Jahrzehnten zugrunde liegt, unverändert. Ausnahmen dieses „normalen" Entwicklungsprozesses kann es nur dann geben, wenn starke äußere Einflüsse oder Krankheitsformen im psychischen Bereich auf die Persönlichkeitsstruktur einwirken. Die Konsequenz für Sie ist: *Sie müssen damit leben, daß Sie so sind.*

Es hat bei einem Bewerbungsgespräch keinen Sinn, daß Sie sich vornehmen, möglichst dynamisch zu wirken, wenn Sie von Ihrer Persönlichkeitsstruktur her eher zum Nachdenken, zum Abwägen und zur sachlichen Analyse von Tatbeständen disponiert sind.

Wenn Sie ein Persönlichkeitstyp sind, der es gewohnt ist, Entscheidungen spontan und gefühlsmäßig zu treffen, wirken Sie wie ein schlechter Schauspieler, falls Sie versuchen sollten, Aussagen zu verklausulieren, sie mit vielen Wenn und Aber zu versehen und Einschränkungen zu machen.

Wer versucht, seine Persönlichkeitsstruktur für die entscheidenden ein oder zwei Stunden zu verstellen, wer meint, eine Rolle spielen zu müssen, die andere als erfolgversprechend anpreisen, wer krampfhaft versucht, Schwächen durch angelernte Verhaltensweisen zu übertünchen, ist zum Scheitern verurteilt.

Kein Mensch ist in der Lage, über einen längeren Zeitraum hinweg Verhaltensweisen an den Tag zu legen, die seinem individuellen Persönlichkeitsbild zuwiderlaufen.

Damit sind die Hauptziele dieses Buches bereits grob umrissen. Sie sollen erfahren,

- welche Stärken Ihrer individuellen Persönlichkeitsstruktur Ihren persönlichen Erfolg bei einem Bewerbungsgespräch wahrscheinlicher machen.
- wie Sie Ihre Stärken in einem Gespräch besser nutzen können.
- welche Schwächen in Ihrer Persönlichkeitsstruktur erkennbar sind und wie man diese Schwächen nicht offensichtlich werden läßt.
- in welchen Verhaltensbereichen es sich lohnt, Korrekturen und Modifikationen vorzunehmen.
- welche Reaktionen einige für Sie typische Verhaltensweisen beim Gesprächspartner auslösen.
- wie man die Persönlichkeitsstruktur des Gesprächspartners anhand von verbalen und nonverbalen Äußerungen erkennen kann.
- welche Techniken der Gesprächsführung bei welchen Gesprächspartnern sinnvoll und erfolgreich sind.
- warum man sich nicht dem Verhaltensmuster des Gesprächspartners anpassen soll, sondern vielmehr versuchen sollte, sich auf die Persönlichkeitsstruktur des Personalverantwortlichen einzustellen.
- welche Verhaltensmodifikationen geeignet sind, die Bewerbungssituation für sich selbst in der Praxis erfolgreich zu gestalten.

Sie haben recht, wenn Sie jetzt denken, daß es ein gutes Stück Arbeit bedeutet, diese Ziele zu erreichen. Sie werden mit dem Instrumentarium dieses Buches gefordert sein, wesentliche Aspekte Ihrer Persönlichkeitsstruktur zu erkennen und zu akzeptieren –

ob diese nun auf den ersten Blick als vorteilhaft zu bewerten sind oder nicht.

Stärken und Schwächen der Persönlichkeitsstruktur

Meist ist es so, daß man selbst bewußt oder halbbewußt sehr gut um seine individuellen Stärken und Schwächen weiß, daß man aber auch geneigt ist, die eigenen Stärken zu überschätzen und die Schwächen zu ignorieren oder zu verharmlosen. In beiden Fällen bleibt es Ihnen nicht erspart, den Realitäten nach der Lektüre dieses Buches ins Auge zu sehen. Eine Voraussetzung für den Profit, den Sie aus diesem Buch ziehen können, ist unabdinglich: Sie müssen sich selbst gegenüber ein hohes Maß an Ehrlichkeit aufbringen!

Mit anderen Worten: Wenn Sie ernsthaft daran interessiert sind, Wesentliches über Ihre individuelle Wirkung auf den Kommunikationspartner – den Chef, den zukünftigen Vorgesetzten, den Entscheidungsträger im Personalbereich – zu erfahren, dann sollten Sie den ersten Schritt tun. Und dieser erste Schritt besteht in der Bereitschaft, mehr über sich selbst erfahren zu wollen.

Wege zum Erfolg

Als Verkaufstrainer erlebe ich häufig folgendes Phänomen: Ein Betrieb schickt mehrere Mitarbeiter zu einem Seminar zur Verbesserung des Kundenkontakts. Selbstverständlich mache ich mir als Seminarleiter möglichst früh ein Bild von der Persönlichkeitsstruktur der einzelnen Teilnehmer. Wenn ich höre, was die Leute sagen, oder wenn ich sehe, wie sie sich in der – für sie oft ungewohnten – Seminarsituation verhalten, dann könnte man sehr leicht in ein selbstgebasteltes Klassifizierungsschema „gut – schlecht" verfallen. Das ist eine von vielen Gewohnheiten, die ich mir schon sehr früh bewußt abgewöhnt habe. Da gibt es Leute, die sprechen so schnell, daß man sie kaum verstehen kann; da kann einer seinen Dialekt nicht ablegen; da sitzt einer stumm herum, so daß der Eindruck entsteht, der Fluß der Weisheit habe ihn allenfalls in der Höhe des Meniskus berührt . . . und dann fragt man sich: Was macht diese Leute zu Verkaufskanonen innerhalb ihrer Betriebe?

Die Antwort ist ganz einfach: das sind Leute, die in der Lage sind, sich auf unterschiedliche Situationen und unterschiedliche Gesprächs- und Geschäftspartner richtig einzustellen. Sie spielen ihre Stärken aus, lassen – bewußt oder unbewußt – Ihre Schwächen nicht erkennbar werden – und haben Erfolg.

Erkennen Sie Ihre Persönlichkeitsstruktur

Jede Bewerbung hat den Erfolg zum Ziel: Also werden Sie nicht umhinkönnen, den Erfolg über die Kenntnis Ihrer individuellen Persönlichkeitsstruktur wahrscheinlicher zu machen. Entsprechend dieser Logik ist auch dieses Buch aufgebaut:

- Erkennen der individuellen Persönlichkeitsstruktur
- Individuelle Standortbestimmung innerhalb des Persönlichkeitsmodells
- Beschreibung der unterschiedlichen Persönlichkeitspotentiale
- Analyse von Stärken und Schwächen
- Vorschläge zur Verhaltensmodifikation
- Praktische Umsetzung der neu erworbenen Kenntnisse in die Praxis des persönlichen Bewerbungsgesprächs

Wie es zu diesem Persönlichkeitsmodell kam

Ich will Sie nicht mit der Entwicklungsgeschichte des in diesem Buch angewendeten Persönlichkeitsmodells langweilen. Sicher sitzen Sie schon in den „Startlöchern“ und wollen möglichst schnell und möglichst viel über Ihre eigene Persönlichkeitsstruktur erfahren, aber wenigstens einige Fakten darüber sollten Sie kennen.

Das Persönlichkeitsmodell wurde von mir und einigen Kollegen des La Salle College in Philadelphia, USA, während eines Forschungsaufenthaltes entwickelt. Ursprünglich war die Zielsetzung, daß Psychologiestudenten in Prüfungen entsprechend ihres Leistungsstandards abschneiden sollten. Es war immer wieder beobachtet worden, daß Studenten mit generell überdurchschnittlichen Kenntnissen in mündlichen Prüfungen bei manchen Professoren die erwarteten Leistungen brachten, bei anderen Professoren aber ein objektiv katastrophales Ergebnis erzielten. Dieses anfangs scheinbar unerklärliche Phänomen klärte sich schnell auf, nachdem wir die Studenten gebeten hatten, einzelne Verhaltensweisen der Professoren aufzulisten und danach zu bewerten, ob sie als positiv oder negativ empfunden wurden. Auf diese Art und Weise kam – wie ich meine – fast die ganze Palette von Verhaltensweisen, die ein Prüfer seinem Prüfling gegenüber an den Tag legen kann, zustande. Insgesamt wurden es dann nahezu 2000 konkrete und bewußt beobachtete Verhaltensweisen, auf die der jeweilige Psychologiestudent entweder negativ oder positiv reagierte. Natürlich hatte er auch die Möglichkeit, den Grad seiner Einschätzung auf einer Skala zu differenzieren.

Zur Verdeutlichung nur einige Beispiele, wie konkret die Verhaltensweisen beschrieben wurden:

Läßt mich nicht ausreden – reagiert auf Fragen mit Gegenfragen – macht einen gelangweilten Gesichtsausdruck – hackt auf Kleinigkeiten herum – lenkt selbst vom Thema ab – macht unangebrachte, ironische Bemerkungen und dergleichen mehr.

So aufschlußreich die persönliche Beurteilung der Verhaltensweisen durch die Studenten auch sein mag, das Interessanteste an der Sache brachte erst die Auswertung der Daten. Sie wurden faktorenanalytisch untersucht, das heißt, es wurde die Frage gestellt, ob bei bestimmten Professoren bestimmte Verhaltensweisen verstärkt auftraten.

Verblüffendes *Ergebnis Nr. 1*: Es ließen sich bei den einzelnen Professoren Verhaltensbündel zusammenstellen, die offensichtlich der jeweiligen Persönlichkeitsstruktur entsprachen und die sich von anderen Verhaltensbündeln trennen ließen.

Nun, daß unterschiedliche Verhaltensweisen auf unterschiedliche Persönlichkeitsstrukturen zurückzuführen sind, ist natürlich keine völlig neue Erkenntnis. Wohl aber *Ergebnis Nr. 2*: Alle guten Studenten haben sich ihre schlechtesten Noten bei den Professoren eingehandelt, deren Verhaltensbündel im direkten Gegensatz zu den eigenen Verhaltensweisen stand.

Zusatzergebnis: Die wenigsten Schwierigkeiten und die besten Noten hatten die Studenten, wenn ihre eigene Persönlichkeitsstruktur derjenigen des Prüfenden möglichst ähnlich war.

Es stellte sich ferner heraus (durch die oben erwähnte Faktorenanalyse), daß mit einer Häufigkeit, die nicht zufällig sein konnte, bestimmte Bündel von Verhaltensweisen immer an denselben Personen beobachtet wurden. Die Vorhersagekraft für bestimmte Verhaltensweisen werden dadurch enorm gesteigert.

Da alle Menschen geneigt sind, Verhaltensweisen, die sich als sinnvoll erwiesen haben, beizubehalten, liegt der Schluß nahe, daß einer, der es gelernt hat und gewohnt ist, anderen aktiv zuzuhören, in einer normalen Verfassung und in einer normalen Situation die Methode des aktiven Zuhörens anwenden wird. Daraus folgt:

Die individuellen Verhaltensweisen sind beobachtbarer Ausdruck der Persönlichkeitsstruktur!

Ebenso selbstverständlich ist es, daß gegensätzliche Verhaltensweisen nicht in gleichem Ausmaß in einer individuellen Persönlichkeitsstruktur verankert sein können.

Beispiele für Verhaltensweisen:

Stellt präzise Fragen – argumentiert zusammenhanglos, unterstreicht seine Äußerungen lebhaft mit Gestik – wirkt kühl und distanziert, zeigt spontane Lebensfreude und Humor – versachlicht jede Thematik.

Indem man einander nicht widersprechende Verhaltensweisen zusammenstellt, ergeben sich vier voneinander unterscheidbare Grundmuster von Persönlichkeitstypen.

Unter „Typen“ verstehe ich individuell, typologisch abgegrenzte Verhaltensmuster. Vier Grundstrukturen sind unterscheidbar:

Die vier Persönlichkeitstypen (Grundstrukturen)
G-Typ (von englisch "ground" = Grund, Boden)
A-Typ (von englisch „action“ = Handlung, Tat, Wirkung)
T-Typ (von englisch „traveller“ = Reisender)
E-Typ (von englisch „emotion“ = Gefühl, Emotion)

Daraus folgt, daß wir uns in diesem Buch mit dem G.A.T.E.-Persönlichkeitsmodell befassen. Sie können die Bezeichnung dieses Modells ruhig wörtlich nehmen: Englisch „gate“ heißt soviel wie *Tor, Tür, Eingang*. Sie sollten die Erkenntnisse aus diesem Buch als Tor zu Ihrer eigenen Persönlichkeitsstruktur ansehen, Stärken und Schwächen diagnostizieren und daraufhin Ihre Verhaltensweisen so modifizieren, daß es Ihnen nicht so geht wie den guten Studenten mit den schlechten Noten. Das persönliche Beratungsgespräch ist zweifellos eine Art Prüfung. Und das Schöne an Prüfungen ist, man kann sich darauf vorbereiten.

2. Ihr Persönlichkeitstyp – Bestandsaufnahme

Jede Situation vor, während und nach einem persönlichen Bewerbungsgespräch fordert Sie auf zu handeln. Wie man agiert oder reagiert, hängt von der individuellen Persönlichkeitsstruktur ab.

Sie erhalten im folgenden die Gelegenheit, sich für oder gegen unterschiedliche Verhaltensweisen zu entscheiden. Ausgangspunkt ist jeweils eine kurze Situationsbeschreibung, damit Sie sich die möglichen Aktionen und Reaktionen auch plastisch vorstellen können. Versetzen Sie sich in jede der 15 Situationen und entscheiden Sie, wie Sie sich persönlich verhalten würden (oder bereits verhalten haben).

Diese Bestandsaufnahme Ihrer Persönlichkeitsstruktur ist kein Test. Entscheidend aber ist, daß Sie ehrlich antworten und bestimmte Verhaltensweisen nur deshalb hoch bewerten, weil Sie Ihrem Wunschbild entsprechen. Ich kann mir gut vorstellen, daß man bei so manchen Bewerbungsgesprächen auch den Wunsch hat, einem arroganten Personalverantwortlichen die Zähne einzuschlagen. Doch das wäre eine Verhaltensweise, die zwar den inneren Gelüsten entspräche, die Sie als zivilisierter Mitteleuropäer aber wohl nicht praktizieren würden. Dennoch, hüten Sie sich vor Wunschvorstellungen; sie führen nur zu unerwünschten Ergebnissen, die Ihnen im Endeffekt nicht weiterhelfen.

Sie haben jeweils die Wahl zwischen sechs Alternativen, die zu jeder Situation vorgegeben sind. Lesen Sie die jeweiligen Alternativen zunächst einmal aufmerksam durch. Dann ist es sinnvoll, jene Alternativen durchzustreichen, die Verhaltensweisen beschreiben,die absolut nicht in Ihr normales Verhaltensschema passen.

Auf die übriggebliebenen Verhaltensalternativen sind insgesamt sechs Punkte zu verteilen. Sie nehmen mit dieser Punkteverteilung eine Gewichtung vor. Die höchste Punktzahl erhält die Alternative, die Ihrem tatsächlichen Verhalten am nächsten kommt. Wenn eine weitere Verhaltensweise zwar nicht vorrangig ist, aber auch noch in Frage kommt, geben Sie entsprechend weniger Punkte. Für jede Situation müssen jedoch sechs Punkte verteilt werden.

Beispiel:

Sie sind ein ausgesprochener Tennisfan. Sie haben zwar in Ihrer Jugend Fußball gespielt, diesen Sport später aber wegen Ihres Alters aufgegeben. Außerdem haben Sie sich einmal für Leichathletik interessiert, mußten aber schnell wieder damit aufhören, weil Ihnen die Zeit zum Training aus beruflichen Gründen fehlte.

Nehmen wir einmal an, diese Einstellung zum Sport trifft auf Sie zu. Dann stellen Sie sich folgende Frage:

Situation:

Stellen Sie sich vor, Sie könnten eine sportliche Betätigung auswählen, ohne Rücksicht auf finanzielle, zeitliche und berufliche Einschränkungen nehmen zu müssen. Welche der vorgegebenen Alternativen würden Sie persönlich wählen (siehe Seite 18)?

A	________	Fußball
B	________	Dressurreiten
C	________	Tennis
D	________	Eishockey
E	________	Bogenschießen
F	________	Leichtathletik

Nach Ihrer „Vorgeschichte" und Ihrer Interessenlage werden Sie wahrscheinlich – nach unserer Empfehlung – die Alternativen streichen, die für Sie überhaupt nicht in Frage kommen. Das dürften in diesem Fall die Alternativen B, D und E sein. Diese Alternativen bleiben bei der Punktevergabe unberücksichtigt.

Die geforderte Punktzahl (sechs Punkte insgesamt) ist nun auf die restlichen Alternativen zu verteilen. Das könnte so aussehen:

A	1	Fußball (weil Sie dafür irgendwann einmal Interesse gezeigt haben)
B	./.	
C	4	Tennis (weil das gerade Ihre große Leidenschaft ist)
D	./.	
E	./.	
F	1	Leichtathletik (weil äußere Umstände Sie daran gehindert haben, mehr Interesse für diesen Sport aufzubringen)

Natürlich ist auch jede andere Punkteverteilung denkbar. Es könnte durchaus sein, daß Ihnen im Augenblick außer Tennis alle Sportarten völlig egal sind; dann geben Sie alle sechs verfügbaren Punkte an die Alternative C.

Sechs Punkte *einer einzigen* Alternative zu geben, sollten Sie allerdings nur dann wagen, wenn Sie sicher sind, *daß alle anderen fünf Alternativen* für Sie *absolut nicht* in Frage kommen.

Folgende Punkteverteilungen sind möglich:

6
5 – 1
4 – 2
4 – 1 – 1
3 – 3
3 – 2 – 1
3 – 1 – 1 – 1
2 – 2 – 2
2 – 2 – 1 – 1
2 – 1 – 1 – 1 – 1
1 – 1 – 1 – 1 – 1 – 1

Hinweis
Wenn Sie Ihre Punkteverteilung nicht in dieses Buch schreiben, sondern auf einem gesonderten Blatt festhalten, können Sie die Analysetafeln zur Erfassung der Persönlichkeitsstruktur mehrfach verwenden.

Versuchen Sie bei Ihrer Punkteverteilung möglichst genau zu differenzieren. Die Bestandsaufnahme zur Analyse Ihrer Persönlichkeitsstruktur (Seite 20 – 33) wird wertlos und kaum noch interpretierbar, wenn Sie auf eine Alternative immer nur sechs Punkte oder auf alle sechs Alternativen immer nur einen Punkt verteilen.

1. Situation

Sie sind pünktlich zum vereinbarten Termin für ein persönliches Bewerbungsgespräch erschienen. Seit einer halben Stunde sitzen Sie bereits im Vorzimmer des Personalverantwortlichen und warten darauf, daß Sie aufgerufen werden. Welche Erklärungen für diese Verzögerung erscheinen Ihnen am plausibelsten?

A ________	Wahrscheinlich liegen so viele Bewerbungen vor, daß der Personalverantwortliche in zeitliche Bedrängnis gekommen ist.
B ________	Vielleicht läßt man mich hier so lange sitzen, um meine Geduld zu testen.
C ________	Diese Panne kann nur auf einer Nachlässigkeit der Sekretärin beruhen.
D ________	Das kann nur ein gutes Zeichen sein, weil der Personalverantwortliche sich offensichtlich intensiv um jeden Bewerber kümmert.
E ________	Die Verzögerung kann nur organisatorische Gründe haben und hat mit meiner Person überhaupt nichts zu tun.
F ________	Da nutzt offensichtlich ein Mitbewerber die Zeit über Gebühr aus, um im Endeffekt bessere Karten zu haben.

2. Situation

Bei der Begrüßung hat sich ein Mitarbeiter des Personalverantwortlichen vorgestellt. Wie das in solchen Fällen oft passiert, haben Sie zwar seinen Namen gehört, aber sofort wieder vergessen. Sie wissen, wie wichtig es ist, die Gesprächspartner persönlich – also auch mit Namen – anzusprechen. Was tun Sie?

A ______	Sie sagen nach der ersten Ansprache des Mitarbeiters: ,,Können Sie mir bitte Ihren Namen noch einmal sagen?"
B ______	Sie warten darauf, daß der Name im Gespräch noch einmal genannt wird, und behelfen sich vorerst mit Umschreibungen.
C ______	Bei einer direkten Ansprache tun Sie so, als sei Ihnen der Name gerade erst entfallen, und machen eine lange Pause nach: ,,Herr . . ."
D ______	Sie machen Ihre Unaufmerksamkeit durch besondere Freundlichkeit und Herzlichkeit dem Mitarbeiter gegenüber wett.
E ______	Sie sagen offen und ehrlich, daß Sie den Namen des Mitarbeiters vergessen haben.
F ______	Sie zücken Ihren Notizblock und sagen: ,,Darf ich für meine Notizen noch einmal Ihren Namen wissen?"

Auch wenn die angebotenen Alternativen nicht hundertprozentig Ihren Sprachgewohnheiten oder Ihrem tatsächlichen Verhalten in ähnlichen Situationen entsprechen, sollten Sie jener Alternative die meisten Punkte geben, die Ihre wahrscheinliche Reaktion am besten beschreibt.

3. Situation

Sie wissen, daß manche Personalverantwortliche viel von dem vermeintlich guten psychologischen Trick halten, in ein ganz normal verlaufendes Gespräch eine sogenannte „Reizfrage" einzustreuen. Nehmen wir einmal an, die freundlich vorgetragene Reizfrage wäre: „Sagen Sie mal, sind Sie eigentlich schon einmal bei einem Ladendiebstahl erwischt worden?"
Wie würden Sie reagieren?

A	________	Ich verstehe die Frage nicht – was soll das?
B	________	So was können Sie mir nicht unterstellen!
C	________	Wie kommen Sie zu dieser Annahme?
D	________	Hat diese Frage etwas mit meiner zukünftigen Tätigkeit zu tun?
E	________	Soll ich Ihnen beim nächsten Mal etwas besorgen?
F	________	So eine Frage ist mir noch nie gestellt worden.

Um eine mögliche Fehlerquelle in der Auswertung von vornherein zu vermeiden, sollten Sie an dieser Stelle einmal überprüfen, ob Sie bei den bereits bearbeiteten drei Situationen *insgesamt 18 Punkte* verteilt haben (pro Situation sechs Punkte). Ist dies der Fall – fahren Sie bitte fort.

4. Situation

Sie erkennen aus dem Verhalten des Personalverantwortlichen, daß es Ihnen offensichtlich nicht gelungen ist, einen Sachverhalt verständlich darzustellen. Wie reagieren Sie auf diese Situation?

A	________	Sie fragen den Personalverantwortlichen, ob Sie sich mißverständlich ausgedrückt haben.
B	________	Sie versuchen, das Unverständnis zu beseitigen, indem Sie Ihre wichtigsten Gedanken kurz zusammenfassen.
C	________	Sie gehen über diese kritische Stelle des Gesprächs ohne Kommentar hinweg.
D	________	Sie betonen deutlich, daß es sich hier um einen Sachverhalt handelt, der wirklich sehr kompliziert ist.
E	________	Sie beginnen noch einmal von vorn und fassen den Sachverhalt in andere Worte.
F	________	Sie machen eine Pause und warten darauf, daß der Personalverantwortliche Ihnen sagt, was er nicht verstanden hat.

5. Situation

Man bietet Ihnen eine Tasse Kaffee an. Sie sind zwar Kaffeeliebhaber, aber in Anbetracht Ihrer Nervosität bezweifeln Sie, ob Ihnen Kaffee guttun würde. Wie verhalten Sie sich in dieser Situation?

A	________	Im Augenblick – nein danke.
B	________	Ja, gerne – vielen Dank.
C	________	Ich bin viel zu nervös – vielen Dank, lieber nicht.
D	________	Kann ich später auf Ihr Angebot zurückkommen?
E	________	Wenn der bei Ihnen nicht zu stark gemacht wird, dann gerne.
F	________	Vielen Dank, nein. Ich habe heute schon einige Tassen Kaffee getrunken.

6. Situation

Bei jedem Bewerbungsgespräch kommt irgendwann einmal die Frage nach der Gehalts- oder Lohnvorstellung. „Wie hoch sollte Ihrer Meinung nach Ihr Gehalt für diese Position sein?" – So oder ähnlich könnte der Personalchef zum Thema Gehalt hinführen. Welche Worte entsprächen Ihrer Reaktion darauf am ehesten oder würden am besten zu Ihnen passen?

A ______	Wenn ich an meine bisherige Gehaltsentwicklung denke, dann sollte . . .
B ______	Sie sind sicher mit mir der Meinung, daß es keine Verschlechterung meiner bisherigen . . .
C ______	Die Vergütung sollte leistungsgerecht sein, ich denke da an . . .
D ______	Wenn ich meinen Lebensstandard erhalten will, dann gehe ich einmal aus von . . .
E ______	Bei meiner ehemaligen Firma war das so geregelt: . . .
F ______	Wenn Sie mir den Rahmen Ihrer Vorstellungen nennen, dann kann ich mich besser . . .

7. Situation

In letzter Zeit kommt es immer häufiger vor, daß sogenannte Bewerber-Meetings veranstaltet werden. Zu einer Präsentation des ausschreibenden Unternehmens werden sechs bis zehn Interessenten gebeten. Wie würden Sie sich bei einer solchen Veranstaltung fühlen?

A ______	Unbehaglich, weil ich Informationen von mir preisgeben müßte, die andere nichts angehen.
B ______	Gut, weil das eine seltene Gelegenheit ist, die Mitbewerber zu beobachten und zu bewerten.
C ______	Ganz gut, weil man sich bei solchen Gelegenheiten nicht so produzieren muß wie in Einzelgesprächen.
D ______	Schlecht, weil man in einer solchen Situation seine Gefühle wahrscheinlich nicht so echt äußert wie beim persönlichen Kontakt.
E ______	Auch in Meetings kommt es nur darauf an, daß man sich gut verkauft; Gefühle spielen dabei eine untergeordnete Rolle.
F ______	Finde ich gut, weil Meetings vom Veranstalter meist systematisch vorbereitet und dementsprechend informativ für den Bewerber sind.

8. Situation

Manchmal kommt es vor, daß zwei Bewerber, die sich um die gleiche Position bewerben, zusammentreffen. Nehmen wir einmal an, daß Sie im Vorraum des Personalverantwortlichen auf einen Mitbewerber treffen, der erst in Kürze zum Gespräch gebeten wird, weil sich sein Vorgänger verspätet hatte und Sie überpünktlich sind. Wie verhalten Sie sich?

A ________	Wenn der Mitbewerber die Bereitschaft signalisiert, beginnen Sie ein Gespräch auf Plauderniveau.
B ________	Sie zeigen von sich aus Interesse an der Person des Mitbewerbers, um die Wartezeit möglichst angenehm zu überbrücken.
C ________	Sie sprechen den Mitarbeiter „verdeckt" auf seine Qualifikationen an, um Ihre eigenen Chancen besser beurteilen zu können.
D ________	Sie vertiefen sich noch einmal in Ihre Unterlagen und nehmen vom Mitbewerber weiter keine Notiz.
E ________	Sie machen Ihr Verhalten davon abhängig, ob der Mitbewerber Gesprächsbereitschaft signalisiert oder nicht.
F ________	Sie stellen sich vor und verwickeln den Mitbewerber in ein Gespräch über die Qualifikationen und die Chancen in der angestrebten Position.

9. Situation

Während eines persönlichen Bewerbungsgesprächs mit dem Personalverantwortlichen eines Unternehmens lernen Sie auch Ihren potentiellen, direkten Vorgesetzten kennen. Nach ein paar Minuten fühlen Sie eine starke Antipathie gegenüber dieser Person als möglichen Vorgesetzten. Was denken Sie?

A ________	Man sollte sich vor ersten und möglicherweise vorschnellen Eindrücken hüten.
B ________	Die Bewerbungssituation ist mit der Arbeitssituation nicht direkt vergleichbar.
C ________	Die spürbare Antipathie wird mit entscheidend sein, ob ich meine Bewerbung aufrechterhalte.
D ________	Wenn der erste Eindruck schon nicht stimmt, kann eine Zusammenarbeit auch nicht fruchtbar sein.
E ________	Wichtig ist nur die Sache – mit Menschen wird man immer irgendwie fertig.
F ________	Mal sehen, wo der zukünftige Vorgesetzte seine Stärken und Schwächen hat.

10. Situation

Nach einem über weite Strecken gut verlaufenen Bewerbungsgespräch fragt man Sie, welche Charaktereigenschaften Sie bei einem zukünftigen Vorgesetzten am wenigsten akzeptieren würden. Wie verhalten Sie sich nach dieser konkreten Frage?

A ________	Sie nennen ein paar nichtssagende Eigenschaften, die jeder ablehnen würde.
B ________	Sie nennen die Eigenschaften, die Ihnen selbst zuwider sind.
C ________	Sie fragen nach, welche negativen Eigenschaften Ihr zukünftiger Chef denn hat.
D ________	Sie machen deutlich, daß Sie dazu keine Meinung haben, weil Sie den zukünftigen Vorgesetzten noch nicht kennen.
E ________	Sie versuchen klarzumachen, daß jede negative Eigenschaft auch positive Seiten haben kann.
F ________	Sie geben zu bedenken, daß die Beurteilung einer Eigenschaft immer auch erheblich vor der jeweiligen Situation abhängt.

11. Situation

Sie haben sich auf ein persönliches Bewerbungsgespräch eingestellt, und man teilt Ihnen nach einigen wenigen Minuten des Kennenlernens mit, daß Sie sich einem Test zur unmittelbaren Prüfung Ihrer fachlichen Qualifikationen unterziehen müßten. Wie reagieren Sie?

A ________	Sie lehnen den Test ab, weil Sie schlechte Erfahrungen mit Leistungstests gemacht haben.
B ________	Sie lassen den Test über sich ergehen, weil er Ihre fachliche Qualifikation eigentlich nur unterstreichen kann.
C ________	Sie geben deutlich zu erkennen, daß Sie andere Vorstellungen mit dem Vorstellungsgespräch verbunden haben.
D ________	Sie lehnen den Test ab und verweisen auf die Bewerbungsunterlagen, die Ihre Qualifikation nachweisen.
E ________	Sie fragen nach dem Stellenwert des Tests und entscheiden dann, ob Sie sich der Testsituation aussetzen.
F ________	Sie betrachten die neuerliche Testsituation als Bestandteil des Auswahlverfahrens und widersetzen sich nicht.

12. Situation

Wenn nicht vorher schon schriftlich fixiert oder mündlich abgesprochen, kommt es bei jedem Bewerbungsgespräch zum Thema „Gehalts- oder Lohnvorstellungen" – auf beiden Seiten. Ihre wörtliche Reaktion haben Sie bereits bei der Bearbeitung der sechsten Situation beurteilt und klassifiziert. Nunmehr geht es bei der Beurteilung dieser Situation in erster Linie um Ihre generelle Einstellung zum Tätigkeitsentgelt. – Wie würden Sie diese Frage am ehesten beantworten? (Natürlich sind – wie auch bei den übrigen Situationen – mehrere von Ihnen selbst gewichtete Einstellungen möglich.)

A ________	Wichtiger als die Höhe des Entgelts ist der Spaß an der Tätigkeit selbst.
B ________	Der finanzielle Rahmen entspricht meiner angestrebten sozialen Stellung.
C ________	Für meine Tätigkeit muß es einen objektiv überprüfbaren, gerechten Lohn geben.
D ________	Da die Arbeit eines Menschen sowieso nicht taxierbar ist, halte ich mich bei der Entlohnung an den durch Tarif vorgegebenen Rahmen.
E ________	Bei jeder Diskussion über das zukünftige Entgelt pokere ich zunächst einmal höher, als es realistisch zu sein scheint.
F ________	Für eine wirklich interessante und befriedigende Tätigkeit würde ich sogar eine Kürzung meiner bisherigen Entlohnung hinnehmen.

13. Situation

Der Personalverantwortliche gibt Ihnen gegen Ende eines persönlichen Bewerbungsgesprächs zu erkennen, daß er Ihr Auftreten und Ihre Argumentation positiv bewertet. – Für welche der nachfolgend aufgeführten Reaktionen würden Sie sich in dieser Situation entscheiden?

A ________	„Das freut mich zu hören – auch ich habe das Gespräch als sehr angenehm empfunden."
B ________	„Gut, vielen Dank, wie soll es jetzt Ihrer Meinung nach weitergehen?"
C ________	„Schön, ich würde mich freuen, wenn es nach diesem Gespräch zu einer Zusammenarbeit käme."
D ________	„Es würde mich freuen, wenn ich bald einen positiven Bescheid von Ihnen bekäme."
E ________	„Sehr schön, darf ich mich damit zur engeren Wahl zählen?"
F ________	„Prima, wann bekomme ich den endgültigen Bescheid von Ihnen?"

14. Situation

Sie sind gerade dabei, sich vom Personalverantwortlichen zu verabschieden. Sie sind beide der Meinung, daß alles gesagt und alles Wesentliche besprochen sei. Der Personalverantwortliche begleitet Sie zur Tür des Büros. – Was machen Sie in dieser Zeit?

A	________	Sie lassen sich noch einmal den Termin der Entscheidung bestätigen.
B	________	Sie danken dem Personalverantwortlichen persönlich für das Gespräch.
C	________	Sie bringen die Hoffnung auf eine gute Zusammenarbeit zum Ausdruck.
D	________	Sie tun nichts mehr, um den positiven Eindruck nicht noch in letzter Minute zu verwischen.
E	________	Sie bestätigen noch einmal, daß Ihnen die angebotene Tätigkeit sehr gefallen würde.
F	________	Sie fassen zusammen, daß dieses Gespräch wohl für beide Seiten sehr nützlich gewesen sei.

15. Situation

Trotz Ihres guten Gefühls beim persönlichen Bewerbungsgespräch erhalten Sie eine Absage. Die Firmenleitung bedankt sich für Ihre Bewerbung, muß Ihnen aber bedauerlicherweise mitteilen, daß es einen anderen Bewerber mit der einen oder anderen, besseren Qualifikation gibt, dem letztendlich der Vorzug gegeben wurde. – Was würden Sie nach einer solchen Absage am liebsten tun?

A ________	Den Personalverantwortlichen noch einmal aufsuchen.
B ________	Die neue Situation innerhalb Ihrer Familie besprechen.
C ________	Sich mit guten Freunden in einer angenehmen Atmosphäre ablenken.
D ________	Mit sich selbst eine Verhaltens- und Ergebnisanalyse durchführen.
E ________	Keinen Gedanken mehr darauf verschwenden und sich sofort anderen Bewerbungen widmen.
F ________	Schriftlich um die Entscheidungsgründe bitten.

3. Auswertung der Ergebnisse

Mit der Beurteilung der 15 unterschiedlichen Bewerbungssituationen haben Sie sich selbst den Zugang zu Ihrer individuellen Persönlichkeitsstruktur erarbeitet. Natürlich sind bei einem persönlichen Bewerbungsgespräch Tausende von anderen Situationen möglich, und vielleicht haben Sie die eine oder andere der oben angeführten Situation selbst noch nicht erlebt.

Die Auswahl der Situationen ist im Grunde genommen unerheblich. Wenn Sie es gewohnt sind, Ihre Meinung und Einstellung Familien-, Bekannten- und Freundeskreis klar und unmißverständlich zum Ausdruck zu bringen, dann ist es nur allzu wahrscheinlich, daß Sie dies im Bewerbungsgespräch genauso tun. Natürlich ist jeder von uns zu jeder Reaktion fähig – die Frage ist nur: Welche Situationen müssen gegeben sein, damit eine bestimmte Reaktion wahrscheinlicher wird. Wenn wir einmal extreme Situationen wie schwere Krankheit, unerträglicher psychischer Druck, lebensgefährliche Gefahrensituationen unberücksichtigt lassen, dann gilt der Grundsatz:

Wir handeln so, wie wir sind.

Der Volksmund, der den Psychologen nicht selten voraus ist, beschreibt diesen Tatbestand so: Man kann nur schlecht aus seiner Haut heraus. Trotzdem gilt es, sich möglichst gut auf den Gesprächspartner einzustellen, die eigenen Stärken zu festigen und seine Schwächen abzubauen. Wie Sie dabei vorgehen, wie es überhaupt zu unterschiedlichen Verhaltensmustern kommt und warum es so schwierig ist, aus diesen gewachsenen, festgefügten Schemata „auszubrechen", erfahren Sie in den Ausführungen ab Seite 44.

Auf die 15 vorgegebenen Situationen haben Sie insgesamt 90 Punkte verteilt (auf jede Situation sechs). Bei der Auswertung geht es nun darum festzustellen, ob Sie bestimmten – und auch beschreibbaren – Verhaltensmustern den Vorzug geben. Erst nach dieser Bestandsaufnahme ist es sinnvoll, Maßnahmen für eine Verhaltensmodifikationen zu ergreifen.

Schritt 1

Zusammenstellung Ihrer persönlichen Punkteverteilung

In der Waagerechten finden Sie die jeweiligen Antwortalternativen von A bis F.

In der Senkrechten sind die laufenden Ziffern der Situationen 1 bis 15 aufgelistet.

Ihre Aufgabe besteht nun darin, die Anzahl der vergebenen Punkte der jeweiligen Alternative zuzuordnen. (Auch hier gilt: Wenn Sie die Unterlage mehrfach verwenden wollen, sollten Sie sich eine Kopie oder ein ähnliches Auswertungsschema selbst herstellen.)

Beispiel:

Wenn Sie bei Situation X vier Punkte auf die Alternative (B) verteilt haben und jeweils einen Punkt auf (C) und (F), dann müßten Ihre Eintragungen so aussehen:

Situation	A	B	C	D	E	F
X		4	1			1

Persönliche Punkteverteilung (vgl. Tabelle auf Seite 36)

Hinweis: Die Buchstaben in der rechten unteren Ecke eines jeden Kästchens ignorieren Sie zunächst; sie haben mit der Zusammenstellung Ihrer persönlichen Punkteverteilung nichts zu tun.

Situation	A	B	C	D	E	F
1	G	E	A	G	E	A
2	A	G	A	E	E	G
3	E	A	G	G	A	E
4	E	G	A	A	G	E
5	A	E	E	A	G	G
6	G	G	E	A	E	A
7	E	A	G	E	A	G
8	E	E	A	G	G	A
9	G	G	E	E	A	A
10	G	E	A	A	E	G
11	E	A	E	G	A	G
12	E	A	G	G	A	E
13	E	G	E	G	A	A
14	A	E	E	G	G	A
15	A	E	E	G	A	G

Schritt 2

Zuordnung der Punktwerte

Bei diesem Schritt der Auswertung geht es darum, Ihre Punktwerte dem G.A.T.E.-Modell zuzuordnen. Dazu ist es nötig, die in der rechten unteren Ecke vorgegebenen Buchstaben zu berücksichtigen.

Überprüfen Sie: In Situation (1) finden Sie bei der Reaktion (A) in der Ecke rechts unten den Buchstaben (G). Das bedeutet, daß diese Reaktion der Verhaltensweise eines G-Typen entspricht.

Zur Erinnerung (vgl. S. 16):

G	=	ground (auf das Grundsätzliche bedacht)
A	=	action (handlungsorientiert)
E	=	emotion (gefühlsbetont)
T	=	traveller (flexibel; verfügt über alle Grundstrukturen)

Jede Ihrer mit Punkten bewertete Reaktion ist also zunächst einmal diesen drei Grobstrukturen zuzuordnen. Wenn Sie einmal die Zuordnungsbuchstaben für jede einzelne Situation überprüfen, werden Sie feststellen, daß es jeweils *zwei* G-, A- und E-Alternativen gibt.

Ihre Aufgabe besteht nun darin, alle Punkte aus den G-Kästchen zusammenzuzählen und unten in das Schema einzutragen.

Wichtig

Bitte jetzt nicht mehr die Buchstaben für die Alternativen A bis F berücksichtigen, sondern *nur* die Buchstaben (G, A und E), die in den Kästchen vermerkt sind.

Die gleiche Vorgehensweise wenden Sie dann bei den mit A und mit E bezeichneten Kästchen an.

Wenn Sie alle Werte zusammengezählt haben, müßte sich ein Gesamtwert von 90 auf die Kategorien G, A und E ergeben. Stellen Sie sicher, daß die Gesamtzahl Ihrer Punkte 90 beträgt.

Tragen Sie die errechneten Werte hier ein:

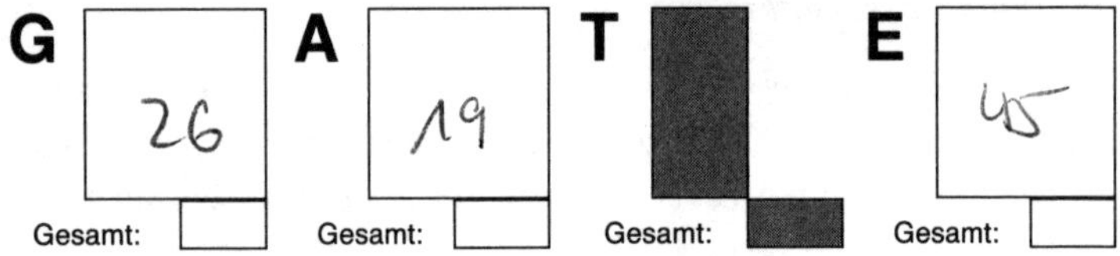

Für den T-Anteil gibt es noch keine Werte: er läßt sich aus den Werten für G, A und E errechnen.

Schritt 3

Rechnerische Bestimmung des Persönlichkeitsprofils

Es ist zum gegenwärtigen Zeitpunkt noch wenig sinnvoll, Interpretationen Ihrer individuellen Zahlenwerte vorzunehmen. Wir sind immer noch in der Phase der Bestandsaufnahme. Deshalb meine Bitte an Sie, erst einmal folgende Bearbeitung der Zahlenwerte vorzunehmen. Was die Differenzen, die Sie jetzt errechnen, auf sich haben, wird Ihnen später eingehend erklärt.

Orientierungspunkt für die weitere Berechnung ist die Zahl 30.

Stellen Sie fest, um wieviel Ihr persönlicher G-Wert von der Zahl 30 entfernt ist.

1. Beispiel

G-Wert = 18: Differenz zu 30 = 12 Punkte

2. Beispiel

G-Wert = 40: Differenz zu 30 = 10 Punkte

Stellen Sie fest, um wieviel Ihr persönlicher A-Wert von der Zahl 30 entfernt ist.

1. Beispiel

A-Wert = 44: Differenz zu 30 = 14 Punkte

2. Beispiel

A-Wert = 25: Differenz zu 30 = 5 Punkte

Stellen Sie fest, um wieviel Ihr persönlicher E-Wert von der Zahl 30 entfernt ist.

1. Beispiel

E-Wert = 28: Differenz zu 30 = 2 Punkte

2. Beispiel

E-Wert = 25: Differenz zu 30 = 5 Punkte

(Sie erkennen anhand der Beispiele, daß es nur um die Differenz zu 30 geht – nicht aber, ob Ihr persönlicher Wert über oder unter 30 liegt.)

Halten Sie Ihre errechneten Differenzwerte zur Zahl 30 fest. Aus der Summe der Differenzwerte ergibt sich Ihr T-Wert.

So bestimmen Sie Ihren T-Wert

1. Zählen Sie die Abweichungen von Ihren Werten zusammen

G-Wert	26	Abweichung	4
A-Wert	19	Abweichung	11
E-Wert	45	Abweichung	15
		Summe	30

2. Ziehen Sie die Summe der Abweichungen von der Zahl 90 ab. Dies ist Ihr persönlicher T-Wert.

Für unser erstes Beispiel würde das bedeuten:

G-Wert	18	Abweichung	12
A-Wert	44	Abweichung	14
E-Wert	28	Abweichung	2
		Summe	28

T-Wert: 90 minus 28 = 62

Berechnen wir die Werte unseres zweites Beispiels:

G-Wert	40	Abweichung	10
A-Wert	25	Abweichung	5
E-Wert	25	Abweichung	5
		Summe	20

T-Wert: 90 minus 20 = 70

Schritt 4

Grafische Darstellung der Ergebnisse

Wenn wir die vorgegebenen Daten der beiden Beispiele in eine Grafik umsetzen, sieht das so aus:

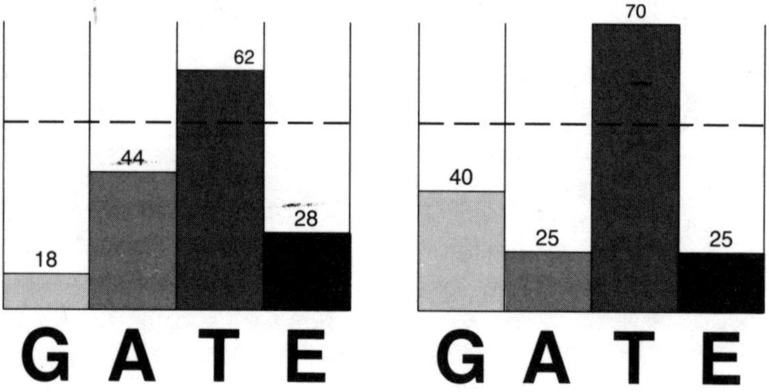

Sie sehen auf den ersten Blick, daß in beiden Beispielen der T-Wert die dominante Rolle spielt und die anderen Komponenten unterschiedlich verteilt sind. Dies bedeutet, daß es sich hier um zwei Persönlichkeitsstrukturen handelt, die einander ähnlich sind. Unter normalen Umständen werden beide Personen in erster Linie aus dem T-Anteil ihrer Persönlichkeit agieren und reagieren.

Es wird weiterhin deutlich, daß in unterschiedlichem Ausmaß alle vier Hauptkomponenten einer Persönlichkeitsstruktur in jedem Menschen vorhanden sind. Dies entspricht der Erkenntnis, daß zwar jeder zu jeder Handlungsweise fähig ist, die Wahrscheinlichkeit aber, daß man aus bestimmten Persönlichkeitskomponenten heraus handelt, kann bei verschiedenen Personen größer oder kleiner sein.

Der Bewerber, dem wir einmal das Persönlichkeitsprofil des ersten Beispiels unterstellen, wird sich leichttun, wenn es darum geht, Verhaltensweisen an den Tag zu legen, die der A-Komponente des Persönlichkeitsmodells entsprechen. Sind jedoch in einer bestimmten Situation Verhaltensweisen gefordert, die dem G-Typ entsprechen, wird die Person aus dem Beispiel 2 aller Wahrscheinlichkeit nach der Situation besser gerecht werden.

Das hat natürlich Konsequenzen für den positiven oder negativen Verlauf eines persönlichen Bewerbungsgesprächs. Manche Personalverantwortliche sehen einen Sinn darin, die Reaktionsfähigkeit eines Bewerbers zu testen, indem sie in eine Phase streng fachlicher Kommunikation eine persönliche Frage einstreuen.

Man kann über den Wert einer solchen Vorgehensweise und auch über die Aussagekraft der unterschiedlichen Reaktionen geteilter Meinung sein. Ich persönlich halte das bewußte Verwirren eines Bewerbers für einen sadistisch angehauchten Zug eines Personalverantwortlichen, der es offenbar nötig hat, einem Bewerber zu zeigen, wer der Herr im Haus ist. Wie dem auch sei – stellen Sie sich vor, Sie sind aufgefordert, Ihre Kenntnisse über die Einsatzmöglichkeiten von EDV-Anlagen im Vertriebswesen mittelständischer Unternehmen darzulegen. Da Sie der richtige Bewerber am richtigen Platz sind, nimmt Ihre Ausführung einige Zeit in

Anspruch. Irgendwann fragt Sie der Personalverantwortliche unvermittelt: „Sagen Sie – wie stehen Sie eigentlich zu Ihrem Vater?“

Eine solche Frage wird den Bewerber mit dem Persönlichkeitsprofil des ersten Beispiels kaum erschüttern. Eine mögliche spontane Reaktion könnte sein: „Mein Vater? Ja, mit dem verstehe ich mich ganz gut; darf ich jetzt fortfahren?“

Zu einer solchen Reaktion ist der Bewerber aus dem zweiten Beispiel weit weniger in der Lage. Er würde wahrscheinlich in etwa so reagieren: „Wieso? Ich verstehe nicht, was hat denn mein Vater mit meinen Ausführungen zu tun?“

Die Situation ist für beide Bewerber die gleiche, die Reaktionen aber sind völlig unterschiedlich und können vom Personalverantwortlichen unterschiedlich bewertet werden.

So, jetzt wird es aber Zeit, daß wir zu Ihrem persönlichen Profil kommen und beschreiben, wo Ihre individuellen Stärken und Schwächen liegen. Halten Sie Ihre Daten im unten vorgegebenen Schema grafisch fest.

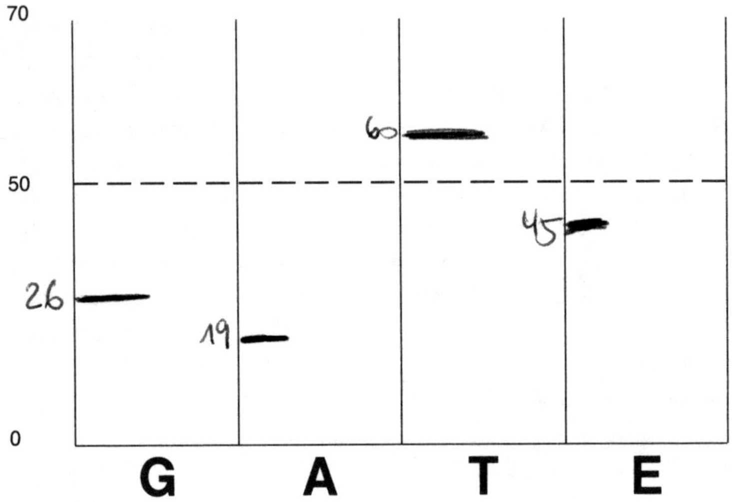

Theoretisch könnte es sein, daß Sie alle zur Verfügung stehenden Punkte *einer* Hauptkomponente zugeordnet haben, zum Beispiel alle 90 Punkte auf die Alternativen verteilt haben, die dem Persönlichkeits-Typ (A) entsprechen. Da dies aber sehr unwahrscheinlich ist, habe ich die Skala nach oben auf 70 begrenzt.

Sie erkennen nun auf den ersten Blick, welche Persönlichkeitskomponente bei Ihnen am stärksten ausgeprägt ist. Bevor Sie sich jedoch primär auf die bei Ihnen am stärksten ausgeprägte Persönlichkeitskomponente konzentrieren, sollten Sie noch einige grundsätzliche Dinge wissen.

Wie Ihr Persönlichkeitsprofil erkennen läßt, sind in unterschiedlichem Ausmaß alle Komponenten vorhanden und damit auch als Reaktionsmöglichkeiten verfügbar. Die stärkste der vier Komponenten zeigt allerdings an, daß Sie es gewohnt sind, nach den für diese Komponente typischen Verhaltensmustern zu agieren und zu reagieren.

Diese Aussage beinhaltet keinerlei Wertung. Jeder Mensch lernt von Beginn seines Lebens an, Verhaltensweisen an den Tag zu legen, die ihm entweder Erfolge oder Mißerfolge einbringen. Je nach Erfahrung wird er die Verhaltensweisen bevorzugen, die ihm Erfolg bringen, und er wird Verhaltensweisen abbauen, die Mißerfolge vermuten lassen. So kann die Entwicklungsgeschichte eines Menschen dadurch geprägt sein, daß er es als sinnvoll erkannt hat, zu taktieren und andere Menschen zum Erreichen seiner persönlichen Ziele einzusetzen. Ein anderer hat gelernt, daß er am weitesten kommt, wenn er seine Gefühle und Empfindungen den Mitmenschen gegenüber offen und ehrlich ausdrückt. Andere wiederum halten von einer solchen Lebenseinstellung überhaupt nichts, weil sie die Erfahrung gemacht haben, daß bei beruflichen Bestrebungen nicht der Mensch, sondern immer nur die Sache im Vordergrund stehen müsse.

Sie sehen, schon bei solch grundsätzlichen Lebenseinstellungen scheiden sich die Geister. Wie sehr müssen sich dann erst die konkreten und beobachtbaren Verhaltensweisen voneinander unterscheiden!

4. Zur Beschreibung der Persönlichkeitspotentiale: Was Sie wissen sollten

Wenn Sie nachfolgend auf den Abschnitt verwiesen werden, der Ihren am stärksten ausgeprägten Persönlichkeitsanteil beschreibt, dann bedenken Sie, daß es sich dabei um eine erste Standortbestimmung handelt. – Ich bin keineswegs so vermessen, alle Menschen unwiderruflich in vier Kategorien einteilen zu wollen. Das Schubladendenken, das bei einem solchen Persönlichkeitsmodell aufkommen könnte, hat schon viele Psychologen und Personalentscheider in die Irre geführt.

Jeder von uns hat eine individuelle und unverwechselbare Persönlichkeitsstruktur. Das kann auch nicht anders sein, wenn man bedenkt, daß die Bedingungen, unter denen man aufwächst, nie identisch sind. Persönliche Erfahrungen, die personelle und geographische Umgebung, die Bewältigung unterschiedlichster Situationen, die Entwicklung von Interessen und Neigungen, das soziologische Umfeld, die körperliche Konstitution, die Erwartungshaltung der unmittelbaren und weiteren Umgebung, die Entwicklung des Intellekts, soziologische und politische Bedingungsfaktoren, einschneidende persönliche Ereignisse usw. . . . all dies sind Entwicklungskomponenten, die bei zwei Menschen nie identisch sein können. Dieser Tatsache wird das hier vorgestellte Persönlichkeitsmodell gerecht, indem es unterschiedliche Ausprägungen der einzelnen Persönlichkeitspotentiale erfaßt.

Differenzieren nach Grobstrukturen und Verhaltensbündeln

Die Interpretation Ihres stärksten Anteils ist also nicht als absolut zu verstehen: Ein G-Typ ist eben nicht nur ein G-Typ, sondern hat lediglich mehr G-Anteile als andere Menschen. Aus diesem Grund müssen auch nicht zwangsläufig alle Informationen zu einem G-Typ auf einen G-Typ zutreffen.

Umgekehrt ist es so, daß durchaus Merkmalsbeschreibungen zutreffen könnten, die sich auf Ihre am schwächsten ausgeprägte

Komponente beziehen. Es geht bei den nachfolgenden Beschreibungen immer nur um das Gesamtbild einer Persönlichkeit, nie um einzelne Verhaltensweisen oder Einstellungen.

Der Versuch, zu „gesicherten" Erkenntnissen über die eigene Persönlichkeitsstruktur zu kommen, ist eigentlich immer dann lohnend, wenn der Zugang mit seriösen und wissenschaftlich haltbaren Mitteln und Methoden erfolgt. Wenn Mediziner beispielsweise untersuchen, inwieweit sich die Funktion der Schilddrüse auf das beobachtbare Verhalten eines Menschen auswirkt, oder wenn Psychologen herausfinden, daß die Geburtsreihenfolge mehrerer Geschwister unterschiedliche Persönlichkeitsentwicklungen wahrscheinlicher machen, dann sind das zwar unterschiedliche, aber gleichermaßen legitime Zugangsmöglichkeiten zur Persönlichkeitsstruktur eines Menschen. Veraltet, aber dennoch legitim ist, wenn die Psychologie versucht, von unterschiedlichen Merkmalen des Körperbaus auf unterschiedliche Verhaltensmuster zu schließen. Nicht legitim sind in meinen Augen Versuche, die Konstellation der Sterne, die Geburtsminute, die Merkmale einer Handschrift oder gar die Visionen eines „Gurus" für die Persönlichkeitsstruktur eines Individuums verantwortlich zu machen.

Grundlage dieses Persönlichkeitsmodells sind ausschließlich die bei jedermann beobachtbaren Verhaltensweisen, die sich bei einigen Persönlichkeiten häufen, bei anderen seltener festzustellen sind.

Unterschiedliche Verhaltensweisen sind Ausdruck unterschiedlicher Persönlichkeitsstrukturen.

Es ist deshalb äußerst schwierig, eine Persönlichkeitsstruktur in ihrer Komplexheit auch nur hinreichend zu beschreiben – schon gar nicht auf ein paar Buchseiten. Dennoch zeigen umfangreiche wissenschaftlich aufbereitete Analysen, daß sich unterschiedliche Strukturen im Laufe des Lebens eines jeden Menschen verfestigen, im Verhalten beobachtbar werden und ein Gesamtbild ergeben. Irreführend dagegen wäre es, einzelne Beschreibungen aus der Gesamtdarstellung der Persönlichkeitskomponenten herauszunehmen und als einzig ausschlaggebendes Bestimmungskriterium zu verwenden.

Stellen Sie jetzt fest, welche Komponente Ihrer Persönlichkeitsstruktur am stärksten ausgeprägt ist, und lesen Sie dann zunächst die jeweiligen Seiten des Buches, die unten angegeben sind.

Der G-Anteil ist am stärksten ausgeprägt: Seite 46 bis Seite 55.
Der A-Anteil ist am stärksten ausgeprägt: Seite 55 bis Seite 62.
Der T-Anteil ist am stärksten ausgeprägt: Seite 63 bis Seite 70.
Der E-Anteil ist am stärksten ausgeprägt: Seite 70 bis Seite 77.

Weitere Anweisungen erhalten Sie jeweils am Ende der entsprechenden Kapitel. Wenn Sie zusätzlich einen optischen Eindruck vom Ausprägungsgrad Ihrer einzelnen Persönlichkeitskomponenten erhalten wollen, sollten Sie die Aussagen zu Ihrer Persönlichkeitsstruktur und die aufgeführten konkreten Verhaltensweisen, denen Sie für sich selbst zustimmen können, unterstreichen. Alle Aussagen, die Ihrem tatsächlichen Verhalten widersprechen, sollten Sie unmarkiert lassen.

Merkmale Ihres G-Anteils

Sie weisen überdurchschnittlich viele G-Anteile in Ihrer individuellen Persönlichkeitsstruktur auf. Sie können sich also als G-Typ bezeichnen. Ihr Persönlichkeitsprofil müßte dann in etwa so aussehen.

Wie Sie wissen, bedeutet das G (engl. „ground") frei übersetzt soviel wie *Grund* oder *Basis.* Ihre Verhaltensweisen zeichnen sich demnach dadurch aus, daß Sie – wenn immer es möglich ist – Situationen vom Intellekt her zu bewältigen versuchen. Das heißt, wenn es keinen rational nachvollziehbaren Grund für eine bestimmte Reaktion in einer gegebenen Situation gibt, dann sind Sie geneigt, die Situation einfach so hinzunehmen, wie sie ist.

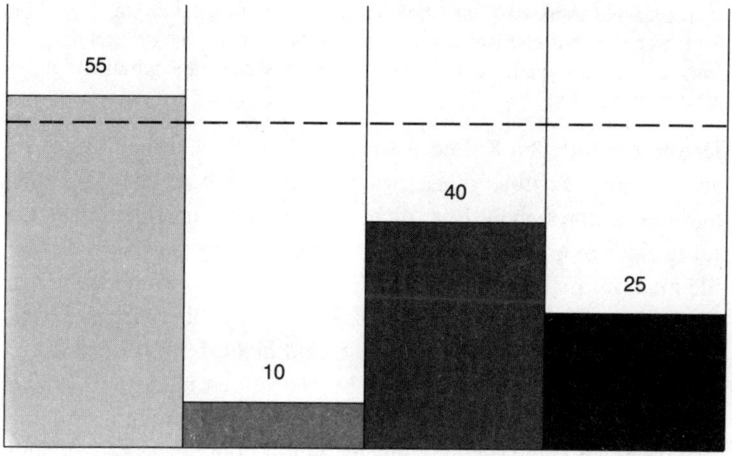

Beispiel:

Wenn die Sekretärin eines Personalverantwortlichen freundlicherweise einen Kaffee anbietet, werden Sie diese Einladung dankend entgegennehmen – vorausgesetzt, Ihnen steht wirklich der Sinn danach. Sollte der Fall eintreten, daß Sie nach 20 Minuten immer noch auf den versprochenen Kaffee warten, werden Sie für sich kaum das Recht in Anspruch nehmen, zu reklamieren.

Sie werden in einem solchen Fall eher geneigt sein, Entschuldigungsgründe für das Versäumnis der Sekretärin geltend zu machen: überlastet, dauernde Telefonanrufe, ist wohl etwas dazwischen gekommen.

Distanzbedürfnis

Ein hervorstechendes Merkmal Ihrer Persönlichkeitsstruktur ist das Bedürfnis nach Distanz zu (noch) fremden Mitmenschen.

Beispiel:

Während Sie in einem Vorraum auf das Gespräch mit dem Personalverantwortlichen warten, kommen einige Mitarbeiter des Hauses auf Sie zu, begrüßen Sie und tun so, als seien Sie bereits der neue Mitarbeiter.

Man erzählt Ihnen, daß der Chef Raucher nicht ausstehen kann, daß die Frau Schmidt aus der Kantine gerade die Scheidung hinter sich hat, und fragt Sie, ob Sie nicht Lust hätten, in der Handballmannschaft der Abteilung mitzuspielen.

Diesen potentiellen Kollegen werden Sie mit Sicherheit kaum Informationen darüber geben, wie Sie persönlich zu der einen oder anderen Sache stehen. Für solche Reaktionen sind Ihnen die Kontakte einfach noch zu neu. Die gleichen Verhaltensweisen werden Sie auch im privaten Bereich an den Tag legen. Erinnern Sie sich an die letzte Party, zu der Sie zusammen mit überwiegend fremden Leuten eingeladen wurden. Sie sind nicht der Typ, der auf einen wildfremden Menschen zugeht und in den nächsten Minuten schon in persönliche Gespräche verwickelt werden kann. Sie werden in einem solchen Fall zunächst einmal die Szene beobachten, sich etwas im Hintergrund halten und erst dann mit persönlichen Dingen „herausrücken", wenn Sie sicher sind, daß man Ihnen Ihre Offenherzigkeit nicht übelnimmt.

Das Bedürfnis nach Distanz ist bei Ihnen so stark ausgeprägt, daß es schwer ist, mit Ihnen spontane Freundschaften zu knüpfen. Es gibt nichts Schlimmeres für Sie als Leute, die aus heiterem Himmel meinen: „Du kannst jetzt Karl zu mir sagen."

Diese Abneigung gegenüber plumpen Vertraulichkeiten hat für Sie den Vorteil, daß Sie ein sicheres Gefühl dafür haben, mit welchen Menschen sich engere Beziehungen oder Freundschaften aufbauen lassen. Allerdings müssen diese Beziehungen auch aufgebaut werden, sie entstehen nicht spontan, sondern müssen im Laufe der Zeit wachsen. Ist einmal eine Beziehung entstanden, ist es für Sie äußerst schwer, diese wieder zu lösen. Eher würden Sie Gründe dafür suchen, daß nicht die beteiligten Personen, sondern noch näher zu bestimmende, äußere Umstände für den Bruch der Beziehung verantwortlich sind.

Ihr Bedürfnis nach Distanz drückt sich nicht nur in Ihrer Einstellung fremden Menschen gegenüber aus, sondern auch im beobachtbaren Verhalten. Es ist Ihnen zutiefst zuwider, wenn wildfremde Menschen zu nah an Sie herankommen, Sie bei jeder passenden und unpassenden Gelegenheit in den Arm nehmen und Ihnen durch ständiges Schulterklopfen zu verstehen geben wollen, daß Sie der beste Mensch auf der Welt sind.

Zukunftsorientiertes Denken und Handeln

Ein weiteres zentrales Merkmal Ihres stark G-orientierten Persönlichkeitstyps ist die Fähigkeit, zukunftsorientiert zu denken und zu handeln.

Beispiel:

Wenn Sie die Wahl haben zwischen einer Position, die einen fest umrissenen Karriereplan zuläßt, und einer Tätigkeit, die lediglich kurzfristige Erfolge verheißt, werden Sie sich immer für die erste Alternative entscheiden.

Das soll nicht heißen, daß Sie an den Erfordernissen der Gegenwart vorbeihandeln. Sie wägen genau ab.

Menschen, die in den Tag hineinleben und sich einfach ihres Daseins erfreuen, sind für Sie oberflächlich und fast schon „verdächtig". Sind erst einmal Ziele als sinnvoll und auch realisierbar erkannt worden, werden die G-Typen alles daransetzen, diese Ziele auch zu erreichen. Hindernisse oder Rückschläge sind für Sie ein Zeichen dafür, daß Ihre eigene Planung und Zielsetzung nicht genau genug waren. Sie werden in solchen Fällen die Schuld nicht bei anderen, sondern bei sich selbst suchen. Eine Änderung der Zielsetzung ist für Sie die zwangsläufige Folge.

Spontane und gefühlsmäßig bedingte Entscheidungen sind nicht Ihre Stärke. Sie wollen vorher alle Bedingungsfaktoren kennen. Ist einmal eine Entscheidung bei Ihnen „gereift", wird man es schwer haben, Sie von der als richtig erkannten Meinung abzubringen. Sie haben bis dahin so viele Argumente gesammelt, daß es Ihren Entscheidungsgegnern schwerfallen wird, Sie vom Gegenteil zu überzeugen.

Ihr Bedürfnis, Entscheidungen von weitreichender Bedeutung länger überdenken zu müssen, kann bei manchen Personalverantwortlichen Unverständnis hervorrufen.

Beispiel:

Das persönliche Bewerbungsgespräch ist für alle beteiligten Personen zufriedenstellend verlaufen. Sie selbst haben ein gutes Gefühl, und offensichtlich hat auch der Personalverantwortliche den Eindruck, daß Sie die richtige Bewerberin/der richtige Bewerber sind. Bei der Verabschiedung fragt er Sie spontan: „Das ist doch wohl die optimale Stelle für Sie, nicht wahr?"

Sie werden sich zwar über einen solchen offensichtlichen Erfolg freuen, werden aber auf keinen Fall eine spontane Zusage machen. Ihre Reaktion auf das vorher geschilderte Beispiel dürfte sprachlich etwa so aussehen: „Ich freue mich, daß ich bei Ihnen nicht den schlechtesten Eindruck hinterlassen habe – bis wann müssen Sie von meiner Entscheidung wissen?"

Zu Ihren sprachlichen Formulierungen: Nicht selten wünschen Sie sich, sich gegenüber anderen deutlicher, nachdrücklicher auszudrücken, als Sie es gemeinhin tun. Auch das gehört zum G-Typ.

Falls Sie sich gewaltig darüber ärgern, daß der Personalverantwortliche in Ihrem Privatleben herumkramt, dann werden Sie dies als nicht angemessen oder als nicht zur Sache gehörend bezeichnen. Eine faustdicke Lüge des Gesprächspartners empfinden Sie eher als Uninformiertheit oder als taktisches Manöver.

Wenn Sie persönlich angegriffen werden, fällt es Ihnen schwer, auf der gleichen Ebene zurückzuschlagen. „Sie sind nicht dynamisch genug" ist für Sie kein hinreichender Grund für die Ablehnung einer Bewerbung, wenn man Ihnen nicht erklären kann, was man sich unter dem Begriff „Dynamik" konkret vorstellt. Das hängt mit Ihrem Bedürfnis zusammen, den Dingen auf den Grund zu gehen beziehungsweise sie zu hinterfragen. In Bewerbungsgesprächen ist diese Verhaltensweise eine zweischneidige Sache, weil man ihr sowohl den Stempel der Ernsthaftigkeit oder Gründlichkeit als auch den der Penetranz oder Hartnäckigkeit aufdrücken kann.

Die Scheu vor klaren und möglicherweise verletzenden Worten führt bei Ihnen oft zu Formulierungen, die ironisch oder gar sarkastisch gemeint sind – von vielen Gesprächspartnern aber nicht richtig gedeutet werden.

Beispiel:

Einer meiner Seminarteilnehmer stand kurz vor der Silberhochzeit. Er wohnte in einem Dorf mit nicht einmal 200 Einwohnern. Jeder, der ihm über den Weg lief, wollte natürlich wissen, wie und mit wem und in welcher Gaststätte er diesen Tag zu feiern gedenke. Nach wochenlangem Hin und Her wurde ihm die Fragerei zu bunt, und er äußerte gegenüber dem Nächstbesten, daß überhaupt nicht gefeiert würde, sondern daß statt dessen die Scheidung kurz bevorstünde. Wie das in Dörfern so üblich ist, wurde der gute Mann von seiner eigenen Bemerkung überholt und fand zu Hause seine Frau in Tränen aufgelöst vor.

Die Feier fand natürlich statt. Der Hinweis des Jubilars auf die bevorstehende Scheidung war als ironische Bemerkung gedacht – mit dem Hintergedanken, man solle ihn doch nicht mehr ständig mit Fragen belästigen. Die Botschaft war klar – nur verstanden wurde der gute Mann nicht.

Mißverstanden zu werden ist das Los eines jeden G-Typen, weil er in vielen Dingen zu vorsichtig und mit zu vielen Zweifeln behaftet vorgeht. Die Kehrseite der Medaille ist: Haben Sie als G-Typ einmal eine Meinung für sich selbst als richtig erkannt, kann es Ihnen passieren, daß Sie Ihre Gesprächspartner mit Ihren Reaktionen überfordern.

Beispiel:

Sie werden während eines Bewerbungsgesprächs gefragt, ob Sie es sich unter Umständen vorstellen könnten, auch mit einem geringeren Entgelt als bisher eine Tätigkeit aufzunehmen. Sie sagen spontan „Nein!“ und werden dann wahrscheinlich bemerken müssen, daß der Personalchef Sie ziemlich verblüfft ansieht.

Die möglicherweise wochenlangen Überlegungen, die Sie vor Ihrer Bewerbungskampagne angestellt haben, sind natürlich für Ihren Gesprächspartner in der oben geschilderten Situation nicht ohne weiteres nachvollziehbar – es sei denn, Sie treffen auf einen Personalverantwortlichen, der einen ähnlich ausgeprägten G-Anteil in seiner Persönlichkeitsstruktur hat wie Sie selbst.

Das Wesentliche gründlich zu erfassen und dann auch nach außen hin zu vertreten, gehört mit zu Ihren hervorstechenden Eigenschaften. Einzelheiten dienen Ihnen nur zur Entscheidungsfindung und sind meist auch schnell wieder aus Ihrem Gedächtnis gelöscht. Die Gedächtnisforscher unterscheiden zwischen einem Ultrakurzzeitgedächtnis, dem Kurzzeitgedächtnis und dem Langzeitgedächtnis. Wenn es eine Gedächtnisart gibt, die Ihrem Naturell am nächsten kommt, dann ist es das *Langzeitgedächtnis.*

Einzelinformationen verdichten sich bei Ihnen zu einem Gesamtbild, von dem Sie sicher sind, daß es haltbar und vertretbar ist. Fragt man Sie jedoch nach Einzelheiten, wie Sie zu der einen oder anderen Einstellung oder Meinung gekommen sind, dann dauert es eine gewisse Zeit, die Entscheidungsgründe wieder aufzufinden und für andere nachvollziehbar zu machen.

Beispiel:

Bei einem Bewerbungsgespräch werden Sie unvermittelt gefragt, warum Sie sich gerade um die in Frage stehende Position bewerben. Sie sind kaum der Typ, der in einer solchen Situation sagen würde: „Ich habe Ihre Anzeige zufällig in der Zeitung gesehen!" Oder: „Ich bewerbe mich seit einiger Zeit überall dort, wo ich mir Vorteile verspreche." Sie werden vielmehr eine Reihe von Gründen anführen, die sich auf sachliche Umstände – wie Qualifikation, Wohnort, Interesse, Karriereplanung – beziehen.

Genauigkeit und Präzision sind Ihre Stärken. Wenn es die Situation erfordert, werden Sie mühelos mehrere Stunden darauf verwenden, einen Gesprächspartner von der Richtigkeit Ihrer Argumentation zu überzeugen. Sie selbst werden schon mehrmals am eigenen Leibe gespürt haben, daß ein solches Bedürfnis nach „Tiefgang" nicht bei allen Mitmenschen auf offene Ohren stößt. Wenn Sie aber erst einmal auf einen aus Ihrer Sicht ernst zu nehmenden und ernsthaften Gesprächspartner gestoßen sind, dann sind gute Voraussetzungen für ein konstruktives und für beide Seiten befriedigendes Gespräch gegeben.

In Konfliktsituationen sind die G-Typen meist diejenigen, die ein Überschwappen der Emotionen verhindern können. Da Sie selbst der Überzeugung sind, daß zur sachlichen Diskussion die *sachliche Argumentation* gehört und Gefühlsausbrüche dort nichts zu suchen haben, werden Sie immer wieder versuchen, Konfliktsituationen auf die sachliche Gegebenheit zurückzuführen. Personen mit einer starken G-Komponente in ihrer Persönlichkeitsstruktur machen in einer Konfliktsituation meist einen überlegenen Eindruck auf die anderen Beteiligten – Verhaltensweisen, die aber auch als *Überheblichkeit* oder *Arroganz* ausgelegt werden könnten.

Beispiel:

Im Laufe eines Bewerbungsgesprächs werden Sie gefragt, welche Unternehmensziele Sie für wichtig halten. Sie nennen ein paar Ziele, die für jedes internationale Großunternehmen wichtig sind – zum Beispiel: Beobachtung des Dollar-Kurses, Repräsentanz auf internationalen Wirtschaftskongressen –, bis man Sie höflich darauf aufmerksam macht, daß es sich bei der stellenausschreibenden Firma um einen mittelständischen Betrieb handelt. Sie starten noch ein paar hilflose Versuche, die Kenntnisse über weltwirtschaftliche Zusammenhänge auf einen Kleinbetrieb zu übertragen – und dann ist das Bewerbungsgespräch zu Ende.

In den meisten Fällen – wie in diesem – haben die G-Typen im Anschluß an ein solches Gespräch das sichere Gefühl, daß da etwas schiefgelaufen ist. Meist erinnern Sie sich sogar daran, was man in bestimmten Situationen anders hätte sagen sollen, was sinnvoller gewesen wäre zu tun, wie man besser hätte reagieren sollen. Die Nachbereitung eines Mißerfolgserlebnisses findet bei Ihnen auf der gedanklichen Ebene statt. Sie unterstellen keinem der Beteiligten, daß er persönlich etwas gegen Sie hätte. Vielmehr sind Sie geneigt, auch noch entlastende Gründe für das Verhalten Ihres Verhandlungspartners zu konstruieren, wenn Ihnen die Situation gedanklich nicht nachvollziehbar erscheint.

Am liebsten ist es Ihnen, wenn die Dinge geregelt, überschaubar und gedanklich nachvollziehbar sind. Eine angenehme Bewerbungssituation entsteht für Sie dann, wenn Ihre Äußerungen so aufgenommen werden, wie sie von Ihnen gemeint waren, und wenn die Reaktionen des Personalverantwortlichen Ihnen signalisieren, daß Sie verstanden werden.

Hinweis

Wenn ich beim G-Typen davon gesprochen habe, daß es ihm weniger liegt, gefühlsmäßig zu handeln, heißt das nicht, daß er gefühlsarm oder gefühllos ist: Normalerweise ist er nur nicht in der Lage, seine Gefühle so offen zu zeigen wie etwa der E-Typ mit seiner völlig anderen Persönlichkeits-Schwerpunktkomponente.

Die oben zitierte Faktorenanalyse der Verhaltensmuster hat gezeigt, daß bestimmte, konkrete Verhaltensweisen bei einer bestimmten Persönlichkeitsstruktur häufiger auftreten als bei anderen Persönlichkeitsstrukturen. Doch beachten Sie:

1. Nicht alle Beschreibungen von konkreten Verhaltensweisen müssen auf jede entsprechende Persönlichkeitsstruktur zutreffen.
2. Nicht jede konkrete Verhaltensweise muß bei einem bestimmten Individuum gleichermaßen stark ausgeprägt sein;
3. Es können auch Verhaltensweisen auf G-Typen zutreffen, die anderen Persönlichkeitsstrukturen zuzuordnen sind.

In diesem Sinne ist auch die nachfolgende Zusammenfassung in Stichworten zu verstehen.

Zusammenfassung für den Typ „G"

Für Sie, als Bewerber mit der Hauptkomponente „G" in Ihrer Persönlichkeitsstruktur, gilt:
– Tendenz zur Versachlichung aller Probleme – zukunftsorientiertes Denken und Handeln – Fähigkeit, logische Zusammenhänge zu entdecken und darzustellen – Zurückhaltung im Kontakt mit Ihnen zuvor unbekannten Personen – Neigung zu ironischen und sarkastischen Bemerkungen – Zurückhaltung bei der Äußerung von Gefühlen – Abneigung gegenüber spontanen und gefühlsmäßigen Entscheidungen – Tendenz zu genauen und manchmal komplizierten Formulierungen – gut ausgeprägtes Langzeitgedächtnis, das sich allerdings nur auf Wesentliches bezieht – emotionsarme Bewältigung von Konfliktsituationen – gute Argumentationstechniken

Dieses Verhaltensbündel hat natürlich nicht nur Vorteile bei Ihren Bewerbungsbemühungen, sondern es birgt auch Gefahren. Wie sich diese Gefahren auf den Erfolg Ihres Bewerbungsgesprächs auswirken können, erfahren Sie auf Seite 91.

Sie haben jetzt zwei Möglichkeiten: Entweder Sie „springen" auf Seite 77, um den Kommentar zu Ihren individuellen Ergebnissen zu lesen, oder aber Sie lernen jetzt bereits andere Persönlichkeitsstrukturen kennen, indem Sie einfach weiterlesen.

Merkmale Ihres A-Anteils

Sie haben überdurchschnittlich viele A-Anteile in Ihrer Persönlichkeitsstruktur. Sie können sich also als A-Typ bezeichnen. Ihr Persönlichkeitsprofil müßte dann in etwa so aussehen.

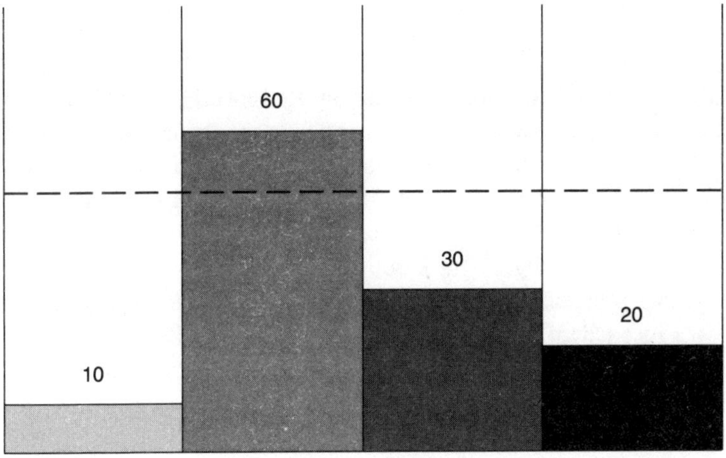

Mit dem englischen Begriff „action" ist „Handlung" oder „spontanes Handeln" gemeint. Innerhalb des Persönlichkeitsmodells bezeichnet er nicht den ziellosen Aktivismus, sondern ein

Verhaltensbündel, das sich auf die Verwirklichung von Zielen in der Gegenwart bezieht. Man muß also als A-Typ nicht dauernd in Bewegung sein und anderen Leuten mit ungewöhnlichen und spontanen Ideen auf die Nerven fallen.

Ihre Hauptstärke liegt in Verhaltensweisen, die den Gegebenheiten in fast allen Situationen gerecht werden. Sie schätzen Situationen richtig ein und reagieren angemessen.

Beispiel:

Wenn man den Anekdotenerzählern glauben will, machte Henry Ford seine Personalentscheidungen auch von der Bewerberreaktion in folgender Situation abhängig: Die Bewerber für einen höheren Managementposten wurden nach der Vorauswahl zu einem Einzelgespräch gebeten. Wie man sagt, herrschte in Fords Büro penible Ordnung. Ein leerer Schreibtisch, auf dem nur das lag, was gerade benötigt wurde; exakt ausgerichtete Bücher in den Regalen und perfekt arrangierte Pflanzen. In diese Ordnung pflegte Ford im Blickwinkel jedes eintretenden Bewerbers ein Buch zu plazieren, das offensichtlich gerade aus dem Regal gefallen sein mußte. Ford soll die Bewerber bevorzugt haben, die auf irgendeine Art und Weise auf dieses Buch reagiert haben.

Man kann auf eine solche Situation als Bewerber natürlich sehr unterschiedlich reagieren. Man kann so tun, als hätte man nichts bemerkt, man kann sich vornehmen, den Schluß des Bewerbungsgesprächs abzuwarten – man kann aber auch hingehen und das Buch aufheben. Bewerber mit der zuletzt beschriebenen Reaktion hat Ford bevorzugt. Nun kann man natürlich geteilter Meinung darüber sein, ob diese Auswahlmethode die allein seligmachende ist. Eines jedenfalls hat Ford erreicht: Er hat die Bewerber mit einem hohen A-Anteil in der Persönlichkeitsstruktur identifiziert.

Es wird kaum Situationen geben, in denen Sie sich hilflos und verloren vorkommen. Im Gegenteil: Situationen, die Sie als neu und unbekannt erleben, werden für Sie eher als Herausforderung gelten. Die zentralen Merkmale Ihrer Persönlichkeitsstruktur sind *Durchsetzungsbereitschaft*, *Entscheidungsfreudigkeit* und *Risikobereitschaft*. Diese Eigenschaften halten Sie davon ab, bestimmte Stellenangebote auch nur ins Auge zu fassen.

Beispiele

- Routinemäßige Arbeiten werden Sie auf Dauer nicht befriedigen.
- Tätigkeiten ohne die Möglichkeit eines persönlichen Prestigezuwachses halten Sie für eher ungeeignet.
- Lange Planungsarbeiten ohne erkennbaren Erfolg sind für Sie weniger geeignet.
- Kreative Aufgaben mit Erweiterungsmöglichkeiten Ihrer Kompetenzen werden Sie bevorzugen.

Spontane und *impulsive Reaktionen* gehören zu Ihren Stärken. Dies führt allerdings oft dazu, daß Sie von Ihren Mitmenschen mißverstanden werden. Diese Aussage gilt sowohl für den beruflichen als auch für den privaten Bereich. Es ist nicht einerlei, ob man dem Handlungspartner eindeutig die eigene Meinung sagt oder ob man die persönliche Überzeugung in diplomatische Worte faßt. Letzteres ist nicht Ihre Stärke.

Beispiel:

Bei einem Bewerbungsgespräch kommt der Juniorchef dazu. Er hört eine ganze Weile nur zu und fragt Sie dann, ob Sie sich eine Tätigkeit in direkter Position unter ihm vorstellen können. Sie werden nicht spontan „ja" sagen, wenn Sie nicht noch weitere Informationen von ihm haben. Ihr Urteil wird Sie so reagieren lassen, daß keine definitive Antwort erkennbar ist. Für ein solches Überrumpelungsmanöver sind Sie viel zu wach und clever.

Cleverness bedeutet nicht von vornherein, daß Sie aufgrund Ihrer Persönlichkeitsstruktur erfolgreicher sein müssen als Ihre Konkurrenten mit anderen Persönlichkeitsschwerpunkten. Durch Ihre sprachlichen und nichtsprachlichen Äußerungen haben Sie es jedoch leichter, den Eindruck der Cleverness zu vermitteln. Dazu gehört die klare Aussage, beispielsweise ob Ihnen etwas gefällt oder nicht.

Beispiel:

Sie haben telefonisch einen Termin für ein Vorstellungsgespräch vereinbart. Pünktlich angekommen stellen Sie fest, daß weitere acht Bewerber auf den Beginn einer allgemeinen Firmenpräsentation warten. Wenn Sie davon ausgingen, daß es sich um ein individuelles und persönliches Bewerbungsgespräch handeln sollte, werden Sie das dem Firmenrepräsentanten deutlich sagen. Wird Ihrem Wunsch nach einem persönlichen Gespräch nicht entsprochen, werden Sie die Veranstaltung vermutlich verlassen.

Die *Konsequenz*, mit der Sie persönliche Ziele verfolgen, läßt Sie oft als geradlinig und fest entschlossen erscheinen, hat aber auch hin und wieder den Nachteil, daß man Ihre Verhaltensweisen als egoistisch oder überheblich bezeichnet.

In der Person des Personalentscheiders sehen Sie kein Hindernis für Ihre Bewerbung, sondern eher die Möglichkeit, die einmal gesteckten Ziele zu erreichen. In der gleichen Weise betrachten Sie Konfliktsituationen; sie kommen Ihnen nicht als Hemmnis, sondern eher als Herausforderung vor.

Neue Kontakte zu knüpfen fällt Ihnen nicht schwer. Sie wissen in solchen Fällen genau, was Sie sagen können und worüber Sie am besten schweigen. Wenn Sie keine gefühlsmäßigen Bindungen zu Ihrem Gesprächspartner aufbauen und wenn der Kontakt für Ihre persönlichen Absichten uninteressant wird, dann fällt es Ihnen nicht schwer, Kontakte einfach abreißen und einschlafen zu lassen.

In Ihrer Argumentation sind Sie direkt und (manchmal zu) offen. Ihrer Persönlichkeitsstruktur entsprechend werden Sie nie subjektiv empfundene Unwahrheiten auf sich beruhen lassen. Sie werden bei jeder Gelegenheit Ihre – ebenfalls subjektiv empfundene – Wahrheit zum Ausdruck bringen. Ob diese Äußerungen immer den Regeln der diplomatischen Kunst entsprechen, sei dahingestellt. Jedenfalls mögen Sie es nicht, wenn andere Leute „um den heißen Brei" herumreden.

Machbare Dinge sind für Sie eine Herausforderung, die Sie ohne unnötige Bedenken angehen. Sie wollen die Dinge heute, sofort und zur Zufriedenheit aller Beteiligten geregelt wissen. Diese Einstellung zu den alltäglichen Problemen führt manchmal dazu, daß Sie Ihre Handlungspartner verwirren, indem Sie entweder zu schnell reagieren oder aber die Erklärung für Ihre Verhaltensweise einfach überspringen.

Beispiel:

Es ist für mich immer wieder faszinierend, Bewerber zu beobachten, während sie auf den Gesprächstermin warten. Wenn die Zielgruppe der Stellenausschreibung in etwa meinem Alter entspricht, ist das kein Problem, weil ich mich einfach unter die Bewerber mische. So entstand einmal die Situation, daß wir zu dritt vor der Tür eines Personalbüros warteten. Der Bewerber, der zuletzt kam, war von allen sprachlichen und nichtsprachlichen Äußerungen her ein stark ausgeprägter A-Typ. Es dauerte keine fünf Minuten, und die Tür zum Vorzimmer des Personalchefs ging auf. Die Sekretärin blickte freundlich in die Runde und sagte: „Herr . . .“. Sie brauchte ein paar Sekunden, um auf ihren Zettel zu schauen, um nicht die Reihenfolge zu verwechseln oder den Namen des Bewerbers falsch auszusprechen. Diesen Augenblick nutzte der zuletzt hinzugekommene Bewerber, stand auf, lächelte, ging auf die Sekretärin zu, streckte ihr die Hand hin, sagte seinen Namen und eilte der Sekretärin ins Vorzimmer voraus.

Der Bewerber hat sich die Situation blitzschnell zunutze gemacht. Dies ist ein typisches Zeichen für Menschen mit einem stark ausgeprägten A-Anteil in ihrer Persönlichkeitsstruktur.

Sie können den Effekt *reaktionsschnellen Handelns* selbst überprüfen. Setzen Sie einmal bewußt Ihr Sonntagsgesicht auf und gehen Sie einmal auf der Straße mit großem „Hallo“ und „Ja, seh' ich denn richtig . . .“ auf einen wildfremden Menschen zu. Strecken Sie ihm zum Gruß die Hand entgegen – Sie können sicher sein, daß Sie mindestens zehn Sekunden lang eine wildfremde Hand schütteln können, ehe sich der Irrtum aufklärt.

Reaktionsschnelligkeit, Sinn für Details und intuitiv-richtiges Handeln und Entschlußkraft lassen den stark ausgeprägten A-Typen souverän erscheinen. Dabei hilft Ihnen, daß Ihre Verhaltensweisen meist spontan und unmittelbar sind. Sie können sich bei Gefühlen wie Freude, Enttäuschung, Aggression oder Trauer anderen gegenüber nicht verstellen.

Entscheidungsprozesse dauern bei Ihnen nur kurz. Die Ergebnisse sind präzise und werden in dieser Form auch an Ihre Handlungspartner weitergegeben. Verwirrung kann nur dadurch entstehen, daß veränderte Situationen Sie zu völlig neuen – manchmal gegensätzlichen – Reaktionen oder Äußerungen zwingen.

Beispiel:

Einer Anzeige haben Sie entnommen, daß eine qualifizierte Dame für den Außendienst einer Vertriebsfirma gesucht wird. Beim persönlichen Bewerbungsgespräch erfahren Sie dann, daß es sich zwar um eine Außendienstposition handelt, daß Sie aber im Endeffekt dafür vorgesehen sind, die Organisation des Außendienstes verantwortlich zu leiten, und das bedeutet Innendienst. Sie werden in einem solchen Fall keinerlei Mühe haben, den Personalverantwortlichen unmißverständlich davon in Kenntnis zu setzen, daß diese Tätigkeit nicht Ihren Vorstellungen entspricht.

Sie haben damit Ihre Einstellung und Ihre Verhaltensweise den veränderten Gegebenheiten angepaßt. Diese Fähigkeit ist eine der Stärken, die Menschen mit hohem A-Anteil in der Persönlichkeitsstruktur auszeichnet.

Ein weiteres hervorstechendes Merkmal ist die *Fähigkeit zur Improvisation*. Nach allem, was gesagt wurde, eigentlich keine Überraschung – denn improvisieren bedeutet, sich auf unvorhergesehene Situationen möglichst schnell und effektiv einzustellen.

Sie sind in der Lage, in kurzen Zeiträumen mehr Informationen aufzunehmen als Mitbewerber, die andere Persönlichkeitsschwerpunkte haben. Das liegt an Ihrem *stark ausgeprägten Ultrakurzzeitgedächtnis*, einer Gedächtnisform, die es dem Menschen ermöglicht, schnell und zielsicher auf die Erfordernisse der Gegenwart zu reagieren.

Das ist eine gute Gelegenheit, noch einmal auf Ihre Verhaltensweisen im Konflikt- oder Krisenfall zurückzukommen. Sie sind in solchen Fällen weniger auf eine intensive Ursachenforschung als vielmehr auf eine schnelle Lösung des Konflikts aus. Die Bereinigung der Situation ist Ihr erklärtes Ziel. Dabei würde es Ihnen in der heißen Phase eines Konflikts nicht einmal etwas ausmachen, die Gefühle der Konfliktpartner – kurzfristig – zu verletzen;

nach dem Motto: die Lösung des Konflikts steht an erster Stelle – die Wunden der Beteiligten pflege ich später.

Beispiel:

Nachdem Sie Ihrer Meinung nach die Qualifikation für eine bestimmte Position nachgewiesen haben und ein Bewerbungsgespräch vermeintlich gut hinter sich gebracht haben, erhalten Sie eine Absage mit fadenscheinigen Begründungen. Sie bitten höflich um Feedback, ein Gespräch, das Ihnen Aufschluß darüber geben soll, warum Sie als Bewerber abgelehnt wurden. Mit einer neuerlichen Absage – zum Beispiel mit dem Verweis auf das Schreiben – werden Sie sich nicht zufriedengeben. Wenn man nun noch versucht, Sie telefonisch oder per Brief hinzuhalten und „auszuhungern", können Sie zur „Bestie" werden. Sie werden alle erdenklichen Möglichkeiten nutzen, um Klarheit in die Sache zu bringen.

Klarheit, Übersichtlichkeit und Offenheit bedeuten Ihnen sehr viel, wenn es um Ihre eigenen Belange geht. Mit Ihrem starken A-Anteil in der Persönlichkeitsstruktur sind Sie der Typ, der die eigene Karriere weitgehend selbst gestaltet, der sich auf die eigenen Fähigkeiten beruft, statt auf fremde Hilfe zu warten.

Für Ihr Engagement um eine neue Position brauchen Sie unbedingt vorzeigbare Erfolge. Sie müssen Ihrer Umgebung – und sei es auch nur privat – beweisen, daß Sie Herr der Bewerbungssituation sind. Über eventuelle Mißerfolge wird Ihnen Ihre Persönlichkeitsstruktur hinweghelfen, weil Sie der korrekten Meinung sind, daß jede Bewerbungssituation neu ist und damit neue Chancen bietet.

Hinweis

Wenn ich beim A-Typen davon gesprochen habe, daß Spontaneität eines seiner Hauptmerkmale ist, dann heißt das nicht, daß ein A-Typ nicht auch nachdenklich und zögernd sein kann. Es heißt nur, daß der A-Typ von seinem Persönlichkeitspotential her eher in der Lage ist, spontan zu reagieren, als Menschen mit anderen Schwerpunktkomponenten in der Persönlichkeitsstruktur.

Die oben zitierte Faktorenanalyse der Verhaltensmuster hat gezeigt, daß bestimmte, konkrete Verhaltensweisen bei einer bestimmten Persönlichkeitsstruktur häufiger auftreten als bei anderen Persönlichkeitsstrukturen. Doch beachten Sie:

1. Nicht alle Beschreibungen konkreter Verhaltensweisen müssen auf die entsprechende Persönlichkeitsstruktur zutreffen.
2. Nicht jede konkrete Verhaltensweise muß bei einem bestimmten Individuum gleichermaßen stark ausgeprägt sein.
3. Es können auch Verhaltensweisen auf A-Typen zutreffen, die anderen Persönlichkeitsstrukturen zuzuordnen sind.

In diesem Sinne ist auch die nachfolgende Zusammenfassung in Stichworten zu verstehen.

Zusammenfassung für den Typ „A"

Für Sie, als ein Bewerber mit der Hauptkomponente „A" in Ihrer Persönlichkeitsstruktur, gilt:
– gegenwartsorientiertes Handeln – richtige Einschätzung von situativen Gegebenheiten – zentrale Eigenschaften: Durchsetzungsbereitschaft, Entscheidungsfreudigkeit und Risikobereitschaft – spontane und impulsive Reaktionen – natürliches Dominanzstreben – Bewerbung und Beruf als Herausforderung – gut ausgeprägtes Ultrakurzzeitgedächtnis – Fähigkeit zur Improvisation – Tendenz, die eigene Karriere ohne fremde Hilfe zu gestalten – selbstsicheres Agieren und Reagieren

Dieses Verhaltensbündel hat natürlich nicht nur Vorteile bei Ihren Bewerbungsbemühungen. Es birgt auch Gefahren. Wie sich diese Gefahren auf den Erfolg Ihres Bewerbungsgesprächs auswirken können, erfahren Sie auf Seite 95.

Ab Seite 77 finden Sie den Kommentar zu Ihren individuellen Ergebnissen. Sie können sich dort sofort weiter informieren, oder aber Sie nehmen sich nun die Lektüre der Beschreibungen der G-, T- und E-Anteile vor.

Beschreibung Ihres T-Anteils

Innerhalb Ihrer Persönlichkeitsstruktur weist der T-Anteil den größten Wert auf. Sie können sich also als T-Typ bezeichnen. Ihr Persönlichkeitsprofil müßte in etwa so aussehen.

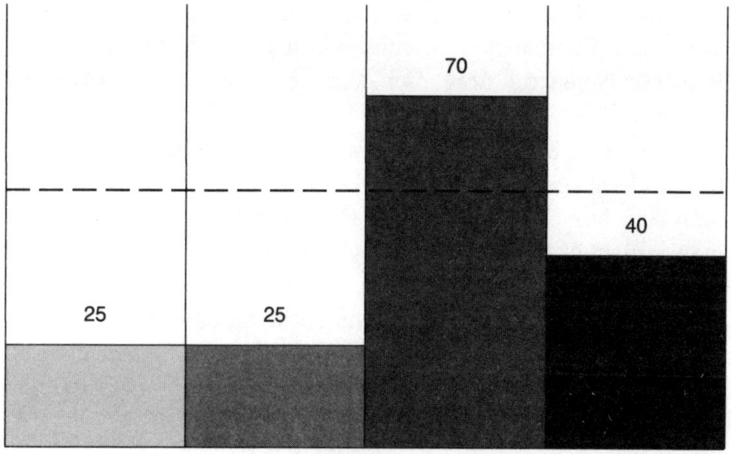

Die Bezeichnung „T" ist vom englischen Begriff „traveller" abgeleitet. In der Übersetzung heißt „traveller" soviel wie Reisender. Innerhalb unseres Persönlichkeitsmodells nimmt der T-Typ insofern eine zentrale Stellung ein, als er Elemente aller anderen Typen in sich trägt. Damit nicht der Eindruck entsteht, es handele sich beim T-Typen um eine „Mischmasch-Persönlichkeit", sei vorweg betont, daß es sich bei diesem Persönlichkeitstypus um genauso unverwechselbare Charaktere handelt wie bei allen anderen hier beschriebenen Typen.

Als T-Typ haben Sie den Vorteil, daß Sie alle erdenklichen Persönlichkeitspotentiale in nahezu ausgewogenem Maße in sich ver-

einigen. Durch Ihr Verhalten zeigen Sie Ihren Mitmenschen, daß Sie nicht gewillt sind, eine bestimmte Rolle zu spielen oder diese in bestimmten Situationen durchzuhalten. Sie sind weder der Typ, der bei jeder lächerlichen Gelegenheit an die Decke geht, noch erlaubt es Ihre Persönlichkeitsstruktur, alles so hinzunehmen, wie es auf Sie zukommt.

Als Bewerber sind Sie damit in der glücklichen Lage, Ihre Verhaltensweisen den jeweiligen Situationen und den unterschiedlichen Gesprächspartnern leichter anzupassen als Menschen mit Persönlichkeitsstrukturen, bei denen ein einziges Merkmal dominiert.

Anpassungsfähigkeit ist in diesem Zusammenhang nicht negativ, sondern wertneutral zu verstehen, und zwar in dem Sinne, daß man sich auf Situationen oder Personen einstellt. Selbst wenn man es nicht wahrhaben will: Bei einem Bewerbungsgespräch paßt man sich der Situation anders an als bei einer Stammtischdiskussion. Die Kunst, sich auf unterschiedliche Situationen und Personen einzustellen, ohne dabei gegen die eigene Persönlichkeitsstruktur zu handeln, ist das Geheimnis des Erfolgs im Berufs- und auch im Privatleben.

Beispiel:

Während eines Bewerbungsgesprächs werden verschiedene Fragen an Sie gerichtet. Die Qualität der Fragen empfinden die verschiedenen Bewerber natürlich entsprechend unterschiedlich – zumindest dann, wenn individuelle Emotionen und Erfahrungen angesprochen werden. Das ist bei Ihnen genauso. Werden Sie zu Beginn des Gesprächs gefragt, ob Sie den Weg zum Besprechungsort schnell gefunden haben, werden Sie mit „ja" antworten und sich allenfalls noch für die gute Beschreibung des Anfahrtweges bedanken. Fragt man Sie nach Ihren Karriereplänen, werden Sie kaum so emotionslos reagieren und sachlich feststellen, daß Sie welche haben. Ihre Mimik, Gestik und Ihre Sprache werden zum Ausdruck bringen, daß Sie sich mit dem Thema schon intensiv beschäftigt haben und daß Sie sich für einen realistischen Karriereplan engagieren, wenn nicht begeistern würden.

Emotionen mit sprachlichen und nichtsprachlichen Mitteln in der genau richtigen Dosierung zum Ausdruck zu bringen gehört zu Ihren Stärken. Dabei kann es natürlich auch sein, daß Sie einmal laut werden, wenn es die Situation erfordert. Keineswegs aber ist es Ihre Art, ein Donnerwetter loszulassen, nur weil es Ihnen gerade Spaß macht oder weil Sie ein solches Donnerwetter aus taktischen Gründen gerade für sinnvoll halten.

Orientierungspunkt für Ihr Handeln ist die Situation, sind die Menschen, mit denen Sie zu tun haben. Sie orientieren sich an den Ereignissen der Gegenwart, aber Sie sind durchaus in der Lage, Ihre Verhaltensweisen nach eigenen Erfahrungen aus der Vergangenheit auszurichten oder auch planerisch für die Zukunft aktiv zu werden.

Sie selbst sind selten die Ursache für entstehende Konfliktsituationen. Konflikte, die von außen an Sie herangetragen werden, führen bei Ihnen in den seltensten Fällen zu Panikreaktionen. Konflikte, die Sie mit sich selbst auszutragen haben, werden von Ihnen als weit gravierender empfunden.

Beispiel:

Stellen Sie sich einmal vor, Sie hätten bei drei verschiedenen Unternehmen erfolgreiche Bewerbungsgespräche gehabt. Die in Aussicht gestellte Position 1 verspricht Ihnen ein äußerst angenehmes Betriebsklima mit sehr netten Kolleginnen und Kollegen, allerdings sind die Aussichten auf eine berufliche Karriere denkbar schlecht.

In Position 2 würden Sie ein eiskaltes Profit- und Leistungsdenken vorfinden, die beruflichen Erfolge aber würden sofort mit Geld und Prestige belohnt.

Position 3 bietet Ihnen auf Dauer finanzielle Sicherheit, die aber damit bezahlt werden muß, daß Sie so gut wie keinen Kontakt zu Ihren Mitarbeitern, geschweige denn zu firmenexternen Personen haben.

Sosehr ich Ihnen drei erfolgreiche Bewerbungen zur gleichen Zeit gönne – den Entscheidungskonflikt wünsche ich Ihnen als T-Typ nicht. In Ihrem Fall treffen drei Bedürfnissysteme aufeinander, die gleichermaßen stark ausgeprägt sind: Bedürfnis nach Kontakt, Erfolg und Prestige sowie das Bedürfnis, planvoll und zukunftsorientiert zu handeln. Andere Persönlichkeitsstrukturen hätten bei der Wahl zwischen den drei angebotenen Positionen keine Probleme.

Lassen wir einmal alle anderen Einflußfaktoren für eine positive oder negative Entscheidung des Bewerbers beiseite (wie Sozialleistungen, Entfernung zum Wohnort, Wünsche des Partners oder der Familie), würde sich der G-Typ aller Wahrscheinlichkeit nach für Position 3 entscheiden. Für den A-Typ keine Frage: Position 2. Der E-Typ würde von vornherein gefühlsmäßig zur Position 1 hin tendieren. Sie als T-Typ hätten am liebsten alle drei angesprochenen Vorteile in einer Position, in einem Angebot vereinigt.

Mit Ihrer T-typischen Persönlichkeitsstruktur hätten Sie es also im oben geschilderten Beispiel mit der Entscheidung schwerer als Mitbewerber mit anderen Persönlichkeitsschwerpunkten.

Ein Vorteil Ihrer Persönlichkeitsstruktur ist *Ihre Fähigkeit, berufliche und private Dinge strikt voneinander zu trennen.* Sie sind zwar bereit, mit Ihren Verwandten und Bekannten auch über berufliche Gegebenheiten zu sprechen, würden dies aber niemals ohne die Bereitschaft des Gesprächspartners, Ihnen ernsthaft zuzuhören, verlangen. Zudem liegt es Ihnen fern, Ihre private Umgebung mit beruflichen Problemen zu belasten, wenn Sie von vornherein wissen, daß dort keine Lösungsansätze zu erwarten sind.

Als Diskussionspartner sind Sie anerkannt und gefürchtet zugleich. Man kann Ihre Reaktionen nicht genau „ausrechnen". Es kommt häufig vor, daß der T-Typ eine sachliche Diskussion produktiv mitträgt, daß er aber bei bestimmten Signalen, die ihn emotional berühren oder gar verletzen, plötzlich nur noch emotional reagiert und damit die Gesprächspartner in Verwirrung stürzt.

Beispiel:

Es kann sein, daß Sie mitten in einem Bewerbungsgespräch ein ungutes Gefühl beschleicht. Es mag am Personalverantwortlichen liegen, an der genauen Beschreibung Ihrer zukünftigen Tätigkeit oder auch an möglichen Chefs oder Kollegen, die Ihnen vorgestellt wurden – folgen Sie Ihrem Gefühl und überlegen Sie reiflich, ob Sie die angebotene Stelle antreten wollen.

In der Regel können Sie sich als T-Typ auf Ihr Gefühl verlassen. Was Sie daran hindert, nur nach Ihrem Gefühl zu entscheiden, ist die Tatsache, daß Ihnen die logischen Erklärungen fehlen. Sie sind dann sehr schnell geneigt, die emotionalen Bedenken beiseite zu schieben und gegen Ihre gefühlsmäßige Überzeugung zu handeln.

Man kann verkürzt sagen, daß sich bei Ihnen die verstandesmäßig begründeten Überlegungen und das emotional bedingte Wünschen und Wollen einen ständigen Kampf liefern. In normalen beruflichen und privaten Situationen geht diese Kontroverse zumeist so aus, daß die von Ihnen geforderten Entscheidungen der jeweiligen Situation angemessen und gerecht sind. Entscheidungen von weitreichender Bedeutung brechen Sie nie übers Knie. Sie sind dann eher der Typ, der sich erst die notwendigen Informationen beschafft, der sich aber dann auch noch die Bestätigung von Nahestehenden einholt, daß eine Entscheidung – so oder so – akzeptiert wird.

Beispiele für das Zusammenwirken von verstandesmäßigen und gefühlsmäßigen Komponenten bei einem T-Typ:

- Ich freue mich, wenn mein Lieblingsverein gewinnt. Sollte er aber verlieren, geht die Welt auch nicht unter.
- Es ist bitter, wenn ich eine gewünschte Position nicht bekomme, aber solange ich mein Bestes getan habe, brauche ich mir nichts vorzuwerfen.
- Meine Freundinnen oder Freunde erhalten von mir jede erdenkliche Unterstützung, es sei denn, es ist eindeutig, daß man mich hintergehen wollte.

Der T-Typ ist von seinem Persönlichkeitspotential her am ehesten geeignet, die Komponenten Verstand und Gefühl so auszubalancieren, daß für die Bewältigung der täglichen Probleme keine unüberwindlichen Hürden entstehen. Der Grund dafür liegt in der Ausgewogenheit seiner Persönlichkeitsmerkmale. Er ist weder ein

Draufgänger noch ein lebensfremder Tüftler – und erst recht keine emotionale Heulsuse.

Sollten Sie kein T-Typ sein, so bitte ich um Nachsicht für die vielleicht etwas krassen Bezeichnungen für den G-, A- und E-Bereich. Sie sind absichtlich so gewählt, um die Extreme deutlich zu machen. Ein G-Typ verläßt sich eben auf die Fähigkeit, Dinge gedanklich vorauszuplanen, sich an objektiv überprüfbaren Gegebenheiten zu orientieren, die Emotionen weitgehend und bewußt aus dem Spiel zu lassen. Solche Einstellungen und daraus resultierende Verhaltensweisen gehören nun einmal zu seiner Persönlichkeitsstruktur. Im Extremfall bedeutet das auch, daß er von seiner Umwelt als gefühlloser Gedankenmensch oder als weltfremder Utopist angesehen wird.

Im Extremfall wird der stark ausgeprägte A-Typ als reiner Macher angesehen – als einer, der notfalls über Leichen geht, um seine persönlichen Ziele zu erreichen. Ein E-Typ läuft am ehesten Gefahr, in seiner beruflichen wie privaten Umgebung als „Heulsuse" bezeichnet zu werden – nämlich dann, wenn er sich ausschließlich seiner Fähigkeit hingibt, die Emotionen anderer nachzuvollziehen. Auf diese Weise kann es leicht passieren, daß man die Emotionen anderer zu seinen eigenen macht und sich genauso (mies) fühlt.

Vor dieser Gefahr extremer Verhaltensmuster sind Sie als T-Typ weitgehend geschützt. Die Verhaltenspotentiale in Ihrer Persönlichkeitsstruktur sind nahezu gleichmäßig verteilt, so daß Sie kaum die Chance haben, in Extreme zu verfallen. Gleichzeitig kommen Ihnen die Verhaltensweisen anderer Persönlichkeitsstrukturen nicht fremd vor, weil sie Bestandteil Ihrer eigenen Persönlichkeitsstruktur sind. Das hat den großen Vorteil, daß Sie andere Menschen besser verstehen können als alle anderen, die in ihren Persönlichkeitspotentialen einen eindeutig ausgeprägten Schwerpunkt haben.

Hinweis

Wenn ich beim T-Typen davon gesprochen habe, daß er sehr viel besser als andere Typen in der Lage ist, sich auf den Gesprächspartner einzustellen, dann heißt das nicht, daß er das auch in jeder Situation und jedem Gesprächspartner gegenüber tut.

Die oben zitierte Faktorenanalyse von Verhaltensmustern hat gezeigt, daß bestimmte konkrete Verhaltensweisen bei einer bestimmten Persönlichkeitsstruktur häufiger auftreten als bei anderen Persönlichkeitsstrukturen. Doch beachten Sie:

1. Nicht alle Beschreibungen von konkreten Verhaltensweisen müssen auf die entsprechende Persönlichkeitsstruktur zutreffen.
2. Nicht jede konkrete Verhaltensweise muß bei einem bestimmten Individuum gleichermaßen stark ausgeprägt sein.
3. Es müssen Verhaltensweisen auf T-Typen zutreffen, die auch anderen Persönlichkeitsstrukturen zuzuordnen sind.

In diesem Sinne ist auch die nachfolgende Zusammenfassung in Stichworten zu verstehen.

Zusammenfassung für den Typ „T"

Für Sie, als ein Bewerber mit der Hauptkomponente „T" in Ihrer Persönlichkeitsstruktur, gilt:
– leichter Zugriff auf alle Persönlichkeitspotentiale – besondere Fähigkeit, sich auf unterschiedliche Situationen einzustellen – keine extremen Gewohnheiten und keine Tendenzen zu extremen Verhaltensmustern – angemessene Mimik und Gestik – ausgewogene Verteilung der unterschiedlichen Persönlichkeitspotentiale – ständiges Bemühen um Ausgleich zwischen Gefühl und Verstand – nur selten Verursacher interpersoneller Konflikte – guter und beliebter Partner zur Lösung von Problemen – ausgeprägte Fähigkeit, sich in die Verhaltensweisen anderer Menschen hineinzuversetzen

Dieses Verhaltensbündel hat natürlich nicht nur Vorteile bei Ihren Bewerbungsbemühungen. Es birgt auch Gefahren.

Wie sich diese Gefahren auf den Erfolg Ihres Bewerbungsgesprächs auswirken können, erfahren Sie auf Seite 99.

Jetzt haben Sie die Möglichkeit, mit dem Kommentar zu Ihren individuellen Ergebnissen auf Seite 77 fortzufahren. Sie sollten aber nicht versäumen, auch die Merkmalsbeschreibungen der G-, A- und E-Typen zu lesen.

Merkmale Ihres E-Anteils

Innerhalb Ihrer Persönlichkeitsstruktur weist der E-Anteil den höchsten Wert auf. Sie können sich als E-Typ bezeichnen. Demnach müßte Ihr Persönlichkeitsprofil in etwa so aussehen.

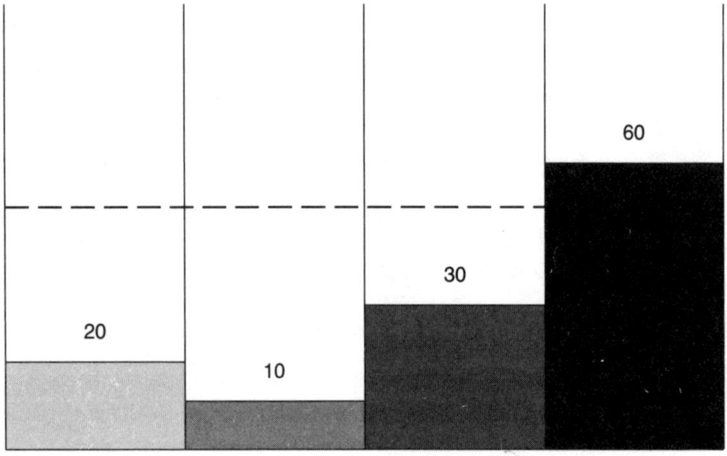

Die Bezeichnung „E" ist vom englischen Begriff „emotion" abgeleitet, was soviel wie *Gefühl* bedeutet.

Hauptmerkmal Ihrer Persönlichkeitsstruktur ist die Kontaktfähigkeit. Sie haben keine Probleme mit dem Aufbau und der Pflege menschlicher Kontakte. Was für Ihr Verhalten bei einem Bewerbungsgespräch aber noch wichtiger ist: Man merkt Ihnen an, daß Sie einen Kontakt nicht knüpfen, um ein persönliches Ziel zu erreichen, sondern daß Sie „von Hause aus" Freude daran haben, Menschen kennenzulernen und mit diesen in einen Dialog einzutreten. Diese Aufrichtigkeit und Ehrlichkeit wird meist von den Gesprächspartnern als positiv empfunden, kann aber gelegentlich auch zu Verwirrungen führen.

Beispiel:

Sie haben sich für die Position einer Apothekenhelferin beworben. Nach den ersten telefonischen Kontakten zu Ihrem zukünftigen Arbeitgeber haben Sie den Eindruck, daß Sie eine Stelle antreten sollen, die Ihnen weitgehend alleinige Entscheidungsfreiheit gewährt. Beim persönlichen Bewerbungsgespräch stellen Sie dann plötzlich fest, daß es in diesem Unternehmen bereits eine pharmazeutisch-technische Assistentin gibt. Sie ist ein paar Jahre jünger als Sie und bereits mehrere Jahre in der Apotheke tätig.

Nach Kenntnis der Sachlage werden Sie sofort für sich selbst entscheiden, daß Sie die in Aussicht gestellte Position nicht mit letzter Konsequenz erreichen wollen.

Bei einer solchen Entscheidung, die ja möglicherweise durch fehlende Alternativen für Sie von einschneidender Bedeutung sein kann, werden Sie keine Minute zögern, Ihr Bewerbungsgesuch zurückzuziehen. Ihre Erfahrung und Ihr Einfühlungsvermögen in zukünftige Situationen geben Ihnen das sichere Gefühl, daß es mit einer solchen Konstellation auf Dauer nicht gutgehen kann. Umgekehrt würden Sie nie eine Entscheidung treffen, die Ihren positiven Erfahrungen aus der Vergangenheit zuwiderlaufen.

Das große Plus Ihrer Persönlichkeitsstruktur mit einem überdurchschnittlichen E-Anteil ist die *Gefühlssicherheit.* Sie haben ein sicheres Gefühl dafür, daß Sie sich zu einer bestimmten Zeit bei einem eventuellen Arbeitgeber melden müssen; Sie sind beispielsweise nach einem Telefonat sehr sicher, ob Sie mit einem kompetenten oder einem inkompetenten Gesprächspartner verhandelt haben; wissen genau, wann es wieder einmal Zeit ist, sich um alte Bekannte oder Freunde zu kümmern. Mit anderen Worten: Sie haben ein untrügliches Gefühl für Dinge, die in Ordnung sind, zugleich aber eine emotionale Abwehrhaltung gegenüber Dingen, die Ihnen nicht ganz „astrein“ vorkommen.

Das gleiche gilt für Situationen, in denen Sie Menschen begegnen, die Ihnen bisher unbekannt waren. Sie haben sehr schnell ein positives oder negatives Urteil, das sich häufig sofort, meist aber später bewahrheitet.

Die *Gefühlssicherheit* des E-Typen beruht auf seiner gut entwickelten *Erfahrungsverarbeitung*. Nun ist es aber nicht so, daß Personen mit anderen Persönlichkeitsschwerpunkten keine Erfahrungen machen würden. Stark ausgeprägte E-Typen sind aber offensichtlich besser in der Lage, Erfahrungen zu speichern und wieder abzurufen.

Beispiel:

Es ist für mich immer wieder faszinierend, wenn ich von den gewaltigen Gedächtnisleistungen der E-Typen erfahre. Selbst wenn ich bei Gesprächen, die vor einigen Jahren stattgefunden haben, dabei war, weiß ich meist nur noch das Ergebnis der Besprechung. Meine Ehefrau, die dieselbe Besprechung miterlebt hat, weiß aber noch zu berichten, daß der Handlungspartner eine weißblaue Krawatte trug, könnte mir genau aufzeichnen, wer wo in welchem Stuhl gesessen hat und an welcher Stelle durch welche Bemerkung das Gespräch zu kippen drohte. Das alles sind Dinge, die mir als G-Typen wahrscheinlich schon Stunden nach der Besprechung entfallen sind – oder die ich sehr schnell als unwichtig „zu den Akten“ gelegt habe.

Wenn ein Persönlichkeitstyp ein *ausgeprägtes Langzeitgedächtnis* hat, dann ist es der E-Typ.

Bei dieser Darstellung soll nicht der Eindruck entstehen, daß Sie als E-Typ besonders begabt sind, sich unwichtige und zusammenhanglose Einzelheiten zu merken – das Gegenteil ist der Fall.

Meist ist es so, daß die Einzelheiten sich zu einem Gesamtbild verdichten, das dann auch vom E-Typen als Gesamteindruck vermittelt wird. Erst dann, wenn man genauer nachfragt, kommen auch wieder die Einzelinformationen, die zum Gesamtbild geführt haben, ins Gedächtnis zurück. Auf die kann man sich allerdings dann auch hundertprozentig verlassen – genauso wie auf die Pauschalurteile.

Beispiele, wie sich die emotionale Zielsicherheit der E-Typen sprachlich ausdrückt:

- Ich kann nichts Negatives über den zukünftigen Chef sagen, aber irgendwie ist er mir unheimlich.
- Gegen die Position in der Kleinstadt ist überhaupt nichts einzuwenden, aber eigentlich sollte ich mit meinen Fähigkeiten in einer Großstadt tätig sein.
- Objektiv gesehen verhält sich mein Partner wie immer – aber dennoch fühle ich, daß da irgendwas „im Busch" ist.

Diese Äußerungen riechen nach Vorurteilen – sind es aber nicht, wenn sie von Personen mit starkem E-Anteil in der Persönlichkeitsstruktur geäußert werden. Es handelt sich also nicht um vorschnelle Urteile aufgrund mangelnder Information, sondern es ist die zusammengefaßte Meinung, die sich aus unzähligen beobachteten Einzelheiten ergibt. Ob die Aufnahme von Einzelinformationen bewußt oder unbewußt vor sich geht, ist unerheblich; wichtig ist nur, daß die letztendlich gefühlsmäßig getroffene Entscheidung in den meisten Fällen der Realität entspricht. E-Typen tun gut daran, sich auf gefühlsmäßige Entscheidungen zu verlassen statt über eine verstandesmäßige Analyse oder gar durch Grübeln zu Entscheidungen zu kommen.

Zu Ihren Stärken gehört also die *emotionale Entscheidungsfindung*. Entscheidungsprozesse werden für Sie immer schwieriger, je länger Sie sich mit einem Problem beschäftigen. Es ist Ihnen am liebsten, wenn Sie zu einer Person oder zu einem Sachverhalt uneingeschränkt ja oder nein sagen können. Die Konsequenzen aus Ihrer Entscheidung warten Sie dann erst einmal ab, weil Sie genau wissen, daß es kaum eine Situation geben kann, in der Sie sich hilf- und machtlos vorkommen. Solange Sie Probleme vorfinden, die durch Menschen beseitigt werden können, sind Sie in Ihrem Element. Gegenüber sachlichen Gegebenheiten, anonymen Vorschriften und Gesetzen haben Sie dagegen Aversionen.

Beispiel:

Eine Absage wie diese würden Sie akzeptieren: „Liebe/r Frau/Herr Sowieso, vielen Dank für unser positives Gespräch am . . . Wie Sie wissen, hatte ich eine Reihe von Bewerbern in die engere Wahl gezogen – unter anderen auch Sie. Ich habe mir die Entscheidung nicht leicht gemacht, aber ich bitte Sie zu akzeptieren, daß . . .“

Bei folgender Absage würde Ihnen wahrscheinlich die Galle hochkommen: „Sehr geehrter Bewerber, aufgrund Ihrer eingesandten Unterlagen und der Erkenntnisse aus dem Bewerbungsgespräch vom soundsovielten geben wir Ihnen in Übereinstimmung mit der Geschäftsleitung und dem Betriebsrat bekannt, daß die Mehrzahl der Entscheidungsträger der Meinung ist, daß Ihre Bewerbung nicht . . .“

Letztere Formulierung ist Ihnen schlicht zu unpersönlich. Sie möchten als Mensch anerkannt werden, und nicht als laufende Nummer. Man kann es auch anders ausdrücken: Sie möchten so behandelt werden, wie Sie selbst andere Menschen behandeln.

In Konfliktsituationen sind Sie eher *kompromißbereit*, als daß sie Ihre Vorstellungen unter allen Umständen realisieren wollen. Bevor Sie den Eindruck haben, daß Ihre Argumentation auf den Gesprächspartner beispielsweise verletzend wirken könnte, stekken Sie lieber in der Sache etwas zurück – nicht aus taktischen Gründen, sondern weil Sie genau wissen, daß ein positives Klima im Endeffekt erfolgversprechender ist als einseitige Sturheit.

Ganz anders sieht es im folgenden Fall aus: Sie haben es mit einer Person zu tun, die versucht, Ihnen mit allen legalen und illegalen Mitteln zu schaden; dann können Sie so eiskalt und abweisend werden wie keine andere Person mit einem anderen Persönlichkeitsschwerpunkt. In der Gefühlswelt und in den sich daraus ergebenden Verhaltensweisen gibt es für Sie nur ein Alles oder Nichts.

Um ein Bewerbungsgespräch mit Erfolg zu führen brauchen Sie keine ausgetüftelten Strategien oder langwierigen Vorbereitungen: Sie stellen ganz einfach Ihre Persönlichkeit zur Disposition und warten dann erst einmal ab, wie die Dinge sich entwickeln.

Beispiel:

Alle meine Beobachtungen von Bewerbern vor einem Gespräch bestätigen, daß sich die E-Typen in einer solchen Situation am ehesten so verhalten, wie sie das auch unter „normalen" Bedingungen tun. Natürlich gibt es auch unter den E-Typen Anzeichen von Nervosität, Angst oder gar Panik zu beobachten. Sie werden aber immer mit dem natürlichen Verhaltensrepertoire zum Ausdruck gebracht. Nie habe ich E-Typen beobachtet, die unechte oder gekünstelte Gefühle durch ihre Verhaltensweisen geäußert hätten.

Jeder E-Typ merkt sofort, wenn er Verhaltensweisen an den Tag legt, die seinen Gefühlen zuwiderlaufen, und wird sein Verhalten schleunigst revidieren. Tut er das nicht, wirkt er in den Augen der Handlungspartner unecht – und möglicherweise sogar lächerlich.

Feste Erfahrungswerte werden Sie davon abhalten, eine Rolle zu spielen, von der Sie selbst wissen und fühlen, daß Sie Ihnen nicht liegt. Die Ehrlichkeit und die Aufrichtigkeit, die Sie für sich selbst in Anspruch nehmen, verlangen oder erwarten Sie auch von den Menschen, mit denen Sie in Ruhe und Harmonie zusammenarbeiten wollen.

Hinweis

Wenn ich beim E-Typ davon gesprochen habe, daß er Freude an Kontakten mit anderen Menschen hat, dann heißt das nicht, daß dieser Persönlichkeitstyp ständig unterwegs sein muß, um andere Menschen kennenzulernen. Es heißt auch nicht, daß ein E-Typ nicht allein oder in einer intakten Zweierbeziehung zufrieden leben könnte. Wenn aber – und das ist der entscheidende Punkt – Kontakte geknüpft werden, dann sind sie aufrichtig und ehrlich gemeint, dann halten diese Kontakte auch so lange, wie der E-Typ das für sich selbst verantworten kann.

Die oben zitierte Faktorenanalyse der Verhaltensmuster hat gezeigt, daß bestimmte konkrete Verhaltensweisen bei einer bestimmten Persönlichkeitsstruktur häufiger auftreten als bei anderen Persönlichkeitsstrukturen. Doch beachten Sie:

1. Nicht alle Beschreibungen von konkreten Verhaltensweisen müssen auf die entsprechende Persönlichkeitsstruktur zutreffen.
2. Nicht jede konkrete Verhaltensweise muß bei einem bestimmten Individuum gleichermaßen stark ausgeprägt sein.
3. Es können und müssen Verhaltensweisen auf E-Typen zutreffen, die auch anderen Persönlichkeitsstrukturen zuzuordnen sind.

In diesem Sinne ist auch die nachfolgende Zusammenfassung in Stichworten zu verstehen.

Zusammenfassung für den Typ „E“

Für Sie, als ein Bewerber mit der Hauptkomponente „E“ in Ihrer Persönlichkeitsstruktur, gilt:

- ausgeprägte Kontaktfähigkeit
- „von Hause aus“ positive Einstellung zu anderen Menschen
- sicheres Gespür für positive oder negative Einstellungen sich selbst gegenüber
- Gefühlssicherheit in unterschiedlichsten Situationen
- sehr gut ausgeprägtes Langzeitgedächtnis
- gefühlsmäßig getroffene Entscheidungen erweisen sich meist als richtig
- Wunsch nach persönlicher Ansprache und Respektierung der eigenen Persönlichkeit
- zielsicheres Handeln nach Erfahrungswerten
- unbeeinflußbares, individuelles Rollenverständnis

Dieses Verhaltensbündel hat natürlich nicht nur Vorteile bei Ihren Bewerbungsbemühungen. Es birgt auch Gefahren. Wie sich diese Gefahren auf den Erfolg Ihres Bewerbungsgesprächs auswirken können, erfahren Sie auf Seite 102.

Den Kommentar zu Ihrem individuellen Ergebnis finden Sie gleich auf der nächsten Seite. Sie sollten aber nicht vergessen, auch die Merkmalsbeschreibungen für die G-, A- und T-Typen zu lesen, weil die Kenntnis anderer Persönlichkeitsstrukturen hilft, sich besser in den Handlungspartner hineinzuversetzen.

5. Kommentar zu Ihren individuellen Ergebnissen

Ich gehe davon aus, Sie haben alle 15 Situationen (ab Seite 19) bewertet, so daß Sie die Gewichtung Ihrer Persönlichkeitskomponenten kennen und zumindest die Beschreibung Ihrer am stärksten ausgeprägten Komponente kennen. Sollte dies nicht der Fall sein, rate ich Ihnen, dies jetzt nachzuholen. Dann können Sie den nachfolgenden Kommentar besser nachvollziehen.

Viele von Ihnen werden nicht nur die Beschreibung der eigenen am stärksten ausgeprägten Persönlichkeitskomponente gelesen haben, sondern auch die auf andere Persönlichkeitsstrukturen zutreffenden Schwerpunktskomponenten. Das hat Vorteile: Die eigene Persönlichkeitsstruktur zu kennen ist zwar unbedingte Voraussetzung für erfolgreiches und zielgerichtetes Verhalten (zu wissen, welche Verhaltensmuster im Laufe meines Lebens von mir selbst erlernt und als positiv erlebt wurden), doch das ist erst der Anfangsschritt zur gezielten Modifikation der eigenen Verhaltensweisen. Drei weitere wichtige Schritte folgen noch nach:

1. Das Erkennen von Schwächen und Defiziten in der eigenen Persönlichkeitsstruktur.
2. Das Erkennen und Nachvollziehen, warum andere Personen mit unterschiedlichen Persönlichkeitsschwerpunkten anders agieren und reagieren als man selbst.
3. Die Beantwortung der Frage: „Was kann ich tun, um mich besser als bisher auf unterschiedliche Gesprächspartner einzustellen?"

Da Ihre Verhaltensweise gegenüber dem Personalverantwortlichen von entscheidender Bedeutung ist, sollten Sie sich jetzt oder im Anschluß an dieses Kapitel intensiv mit den Beschreibungen der anderen Persönlichkeitskomponenten beschäftigen (die Sie bisher vielleicht übersprungen haben).

Wenn Sie Ihre eigene und die anderen, ebenfalls möglichen Persönlichkeitsstrukturen kennen, dann sind Sie jedem Mitbewerber überlegen, der über diese Kenntnisse nicht verfügt.

Es spricht nichts dagegen, daß Sie dieses Kapitel zuerst zu Ende lesen und dabei erfahren, auf welch unterschiedliche Persönlichkeitstypen Sie bei einem Bewerbungsgespräch treffen können:

Beispiel:

Stellen Sie sich einen G-Typ bei einem persönlichen Bewerbungsgespräch vor. (Für alle diejenigen, die die Beschreibung des G-Typs noch nicht gelesen haben, sei gesagt, daß dieser Persönlichkeitstyp dazu neigt, an sich klare Sachverhalte etwas kompliziert zu umschreiben.) Stellen Sie sich weiterhin einen A-Typ als Personalverantwortlichen vor, der es von seiner eigenen Persönlichkeitsstruktur her nicht anders gewohnt ist, als Entscheidungen schnell und präzise zu fassen.

Wenn man die Persönlichkeitsstruktur des Personalverantwortlichen nicht erkennt, wird man natürlich als Bewerber auf die gewohnten Verhaltensmuster zurückgreifen. Das heißt in unserem Fall: Der Bewerber wird entsprechend seiner stark ausgeprägten G-Komponente auf Fragen nicht mit einem schlichten *Ja, Nein* oder *Vielleicht* antworten, sondern versuchen, seine Antwort auch zu begründen. Und genau das will der A-Typ nicht hören, weil ihm das zu umständlich, zu wenig entscheidungsfreudig und zu langatmig vorkommt.

In dem oben beschriebenen Fall wäre es für den G-Typ besser, seine liebgewordenen Verhaltensmuster zu verlassen und sich auf den Gesprächspartner einzustellen. Etwa so:

Personalverantwortlicher: „Fühlen Sie sich der angebotenen Position gewachsen?“

Bewerber: „Ja.“

Typischer – aber auch der Situation unangemessener – wäre folgende Reaktion des Bewerbers:

„Ja, aber ich könnte mir vorstellen, daß ich dazu noch ein paar zusätzliche Marketing-Kenntnisse benötige. Vielleicht ließe sich dieser Mangel . . .“

Die Reaktion an sich ist ja nicht falsch, wenn der Bewerber weiß, daß er noch Lücken in der Bewältigung von Marketing-Aufgaben hat. Das aber während eines Bewerbungsgesprächs gegenüber einem A-Typen zu äußern kann äußerst fatal wirken. Wenn sich nach der Einstellung tatsächlich Kenntnislücken herausstellen sollten, dann wäre der A-Typ der letzte, der nicht mithelfen würde, diese zu beseitigen. Schließlich hat er sich für Sie entschieden.

Überprüfung von Gewohnheiten

Wollen Sie allen Situationen und allen Gesprächspartnern gegenüber das Optimale für sich selbst erreichen, bleibt Ihnen nichts anderes übrig, als die eigenen Gewohnheiten so umzustellen, daß Sie zumindest nicht auf Unverständnis stoßen.

Natürlich ist es sehr ehrenvoll, wenn man bei einem Bewerbungsgespräch mit glühenden Worten die Überzeugung verteidigt, daß Großraumbüros der menschlichen Kommunikation abträglich sind; immer noch ehrenhaft, aber dafür auch weniger geschickt ist es, wenn Sie Ihre Überzeugung in einem Unternehmen vertreten, das die Großraumbüros gerade eben erst als der Weisheit letzten Schluß eingeführt hat.

„So dumm kann doch kein Mensch sein" werden Sie jetzt sagen. Doch solche Dinge kommen durchaus vor. Ich habe Dutzende von Bewerbungsgesprächen als stiller Beobachter miterlebt, die eigentlich nur daran scheiterten, daß die Bewerber die sprachlichen und nichtsprachlichen Signale des Personalverantwortlichen gänzlich ignoriert haben. Ziel dieser Darstellung ist deshalb keineswegs eine völlige Anpassung an den Personalverantwortlichen, sondern die bewußte und gezielte Verhaltensmodifikation. Jeder Bewerber hat es verdient, nach allen Vorab-Bemühungen das Bestmögliche aus der Bewerbungssituation herauszuholen, und dazu ist es erforderlich, sich auf verschiedene Bewerbungssituationen und Gesprächspartner positiv einstellen zu können.

Beim Bewerbungsgespräch kann der Bewerber auf die betrieblichen und personellen Gegebenheiten nicht entscheidend einwirken.

Bei einem Bewerbungsgespräch werden Sie weder die Unternehmensstruktur noch die Persönlichkeitsstruktur eines Personalverantwortlichen verändern können.

Es bleibt nur die Möglichkeit, sich in dieser Situation selbst geschickt zu verkaufen. Wesentliche Stütze für Ihren Gesprächserfolg ist die Kenntnis Ihrer eigenen Persönlichkeitsstruktur sowie die Ihres Gesprächspartners.

Im Grunde ist das menschliche Zusammenleben aus psychologischer Sicht sehr einfach zu beschreiben. Geht man davon aus, daß sich auf der intellektuellen Ebene sowieso alle Menschen einigen können, die den entsprechenden Intellekt haben, dann kann es eigentlich auf dieser Ebene überhaupt keine Differenzen geben. Ein solcher Vorgang wäre ungefähr damit zu vergleichen, daß ein Bewerber genau die Voraussetzungen mitbringt, die in einer Stellenanzeige gefordert sind: Der eine fordert Qualifikationen – der andere bringt sie mit. Wenn das einfach so der Fall wäre, würde es eine Reihe von offenen Stellen weniger geben, die Beschäftigungslosen würden – mit welcher Regierung auch immer – dazu angehalten, Fähigkeiten oder Fertigkeiten zu entwickeln, die dem Bedarf entsprechen. Das ist aber nicht der Fall: Es wird immer –

auch regional bedingte – Defizite oder Überangebote von qualifizierten Bewerbern geben. Also wird es immer einen „Markt“ geben, auf dem sich der Bewerber behaupten muß. Er kann sich nur auf seine Fähigkeiten berufen und versuchen, seine Fähigkeiten und Fertigkeiten so effektiv einzusetzen, daß seinem eigenen Wohlbefinden, seinen eigenen Vorstellungen und nicht zuletzt auch der Volkswirtschaft durch seine Arbeitskraft gedient ist.

Dazu gehört die Kenntnis eines psychologischen Mechanismus, den viele von Ihnen zwar schon erlebt haben, den man sich aber nicht oft genug vor Augen führen kann.

Eine hundertprozentig verstandesmäßig geführte Geschäfts- und Privatwelt funktioniert nicht. Bei allem, was wir tun, spielen immer wieder unsere Gefühle und Verhaltensgewohnheiten eine entscheidende Rolle. Dabei stehen *Erleben* und *Verhalten* immer in einer bestimmten Beziehung zueinander. Erfolgsentscheidend für das Bewerbungsgespräch ist die Kenntnis der Wechselwirkungen zwischen Verhalten und Erleben.

1. Mein Erleben steuert mein Verhalten

Sie als Bewerber sind in einer Situation, die eher emotional geprägt ist. Sie haben bestimmte Qualifikationen, von denen Sie aber noch nicht wissen, ob sie den Anforderungen entsprechen. Das kann zu Zweifeln an den eigenen Fähigkeiten führen. Werden diese Zweifel so stark, daß Sie zu einem persönlichen Beratungsgespräch erst gar nicht mehr antreten wollen, dann können Sie sicher sein, daß sich Ihre negative Einstellung sich selbst gegenüber auch in Ihrem Verhalten äußert. Eingebildete Defizite haben die gleiche Wirkung wie tatsächliche Mißerfolge.

Stellen Sie sich einen Fußballspieler vor, der unbedrängt vom Gegner zwei Meter vor dem gegnerischen Tor den Ball nicht in die Maschen bringt – die Bilder aus den Sportreportagen kennen Sie. Das Liegenbleiben auf dem Rasen, die vors Gesicht geschlagenen Hände, der wütende Blick auf das unebene Spielfeld – das alles sind Gesten des persönlichen Mißerfolgs.

Sehen Sie als Bewerber einen möglichen Mißerfolg voraus, wird es auch Gesten der vermeintlichen Unzulänglichkeit geben. Ein Bewerber, der sich seiner Sache nicht ganz sicher ist, wird die Hand des Personalverantwortlichen nicht ganz so fest drücken wie gewöhnlich, er wird durch nervöse Hand- und Augenbewegungen zu erkennen geben, daß er Angst davor hat, seine Unzulänglichkeiten preisgeben zu müssen, er wird möglicherweise stottern oder rot werden – alles Reaktionen, die normalerweise nicht zu seinem normalen Verhaltensrepertoire gehören. Sie können sicher sein, daß jeder Personalverantwortliche, der länger als drei Tage im Amt ist, sofort erkennt, wenn Ihr Erleben den eigenen Stärken gegenüber nicht in Ordnung ist. Jeder Selbstzweifel drückt sich zwangsläufig in Ihrem Verhalten aus.

Wenn Sie sich überfordert fühlen, dann verhalten Sie sich wie ein Überforderter. Wenn Sie ängstlich sind, dann verhalten Sie sich auch wie ein Ängstlicher. Das Schlimme an der Sache ist, daß man das Verhalten, welches sich aus dem individuellen Erleben ergibt, auch beobachten kann. Personalverantwortliche sind obendrein Beobachter mit Kennerblick. Wenn Sie also verhindern wollen, daß man Ihnen negative, für den Erfolg abträgliche Einstellungen an der Nasenspitze ansieht, müssen Sie zwangsläufig Ihr Erleben, das heißt Ihre Gefühle, positiv beeinflussen.

Das ist natürlich leichter gesagt als getan. Es gibt eine Reihe von psychologischen Programmen, die Ihnen helfen, ein positives Grundgefühl zu bekommen. Wenn man daran glaubt, kann es sogar sein, daß solche Programme positive Auswirkungen haben. Viel wichtiger ist aber, daß ein gerechtfertigtes Selbstbewußtsein aufgebaut wird. Gerechtfertigt kann ein Selbstbewußtsein nur dann sein, wenn es den tatsächlichen Gegebenheiten der individuellen Persönlichkeitsstruktur entspricht.

Das einzige Kapital, auf das Sie sich dauerhaft verlassen können, ist Ihre individuelle Persönlichkeitsstruktur. Sie bestimmt letztlich Ihr Erleben und damit Ihr Verhalten, welches für andere Personen beobachtbar ist. Wenn Sie wissen, was Sie stark macht, wenn Sie zudem wissen, an welchen Schwächen und Defiziten es sich lohnt zu arbeiten, dann brauchen Sie keine pseudopsychologischen Programme.

Der entscheidende Faktor bei allen Bewerbungsbemühungen sind Sie selbst: Sie entscheiden über den positiven Eindruck, den Sie bei Ihrem Gesprächspartner hinterlassen. Denn:

2. Mein Verhalten steuert sein Erleben

Wie man durch das eigene Verhalten das Erleben des Verhandlungspartners steuern kann, lernen schon Kleinkinder. Wenn es darum geht, der Oma eine Tafel Schokolade zu entlocken, empfiehlt es sich, das ansonsten rowdyhafte Verhalten einmal etwas zurückzustellen, das bestmögliche liebe Gesicht aufzusetzen und auch mal die rein informatorische Frage zu stellen, ob die ,,liebe Omi" vielleicht etwas mitgebracht habe.

Die gleiche Taktik legen Erwachsene an den Tag, wenn sie beim Verhandlungspartner ein bestimmtes Erleben hervorrufen wollen. Die aufgesetzte Trauermiene beim Tod des Erbonkels soll den Mittrauernden signalisieren, daß man nun wirklich und ganz ehrlich um den Verstorbenen trauert. Die Heiligen-Schein-Gesichter im Foyer eines Konzertsaales sollen deutlich machen, daß man nicht gewillt ist, die große Kunst auf die leichte Schulter zu nehmen. Das gelernte Lächeln der Stewardessen, wenn die ,,Paxe" kommen, der väterlich-würdige Blick des Oberarztes bei der Visite, der forsche Gang des Bewerbers ins Büro des Personalverantwortlichen – das alles sind Verhaltensweisen, die bei einem Beobachter bestimmte Gefühle auslösen – oder auslösen sollen.

Grundsätzlich ist es so, daß jede Verhaltensweise, die bewußt von Ihrem Verhandlungspartner registriert wird, in seinem Erlebensbereich etwas auslöst. Das gilt in ganz ausgeprägtem Maße für die Situation des persönlichen Bewerbungsgesprächs, da man davon ausgehen kann, daß alle Beteiligten besonders aufmerksam sind. Die Frage, wie Sie als Bewerber das Erleben des Personalverantwortlichen positiv beeinflussen können, ist also von entscheidender Bedeutung. Die psychologischen Konsequenzen ergeben sich aus der nächsten These.

3. Sein Erleben steuert sein Verhalten

Gelingt es Ihnen, das Erleben des Personalverantwortlichen positiv zu gestalten, haben Sie einen psychologischen Mechanismus in Gang gesetzt, der kaum mehr zu stoppen ist. Eine positive Einstellung Ihrem Verhalten gegenüber wird auch das Verhalten des Personalverantwortlichen positiv steuern. Da auch Personalchefs nur Menschen sind, ist bei ihnen genau der Mechanismus wirksam, den Sie selbst bei positiven oder negativen Ereignissen erleben.

Versetzen Sie sich einmal in die Lage eines Personalverantwortlichen und stellen Sie sich vor, Sie hätten einen Bewerber, der Ihnen ständig ins Wort fällt. Wahrscheinlich würden Sie diese Verhaltensweise beim ersten Vorfall noch der Nervosität des Bewerbers zuschreiben – beim dritten Mal dürfte Ihnen dann endgültig der Kragen platzen. Der Bewerber hat es also „geschafft", innerhalb kurzer Zeit bei Ihnen Verwunderung, Erstaunen, dann Befremden und zuletzt Ärger zu verursachen. Daß Sie dann Ihrem Erleben noch Zügel anlegen, ist wohl kaum zu erwarten: Sie werden Ihrem Unmut durch verbale oder nichtverbale Äußerungen Luft machen. Erleben und Verhalten stehen also auch bei Ihrem Gesprächspartner in einem engen, untrennbaren Zusammenhang.

4. Sein Verhalten steuert mein Erleben

Mit dieser These ist der Kreis geschlossen. Das Wechselspiel zwischen Erleben und Verhalten findet bei jedem menschlichen Kommunikationsprozeß statt. Meist ist es bei Ratschlägen für Bewerber so, daß die Veränderung des Verhaltens im Vordergrund steht: Es wird auf Höflichkeitsgebote hingewiesen; übertriebenes Selbstbewußtsein kann schädlich sein, ebenso der Situation nicht angemessene Kleidung. Diese Hinweise sind zwar sehr wichtig, aber gegen ein Gespräch, bei dem sich der Bewerber richtig auf den Gesprächspartner einstellt, hat selbst der perfekt zurechtgemachte Bewerber keine Chance.

Das Erlebens- und Verhaltensmodell im Überblick

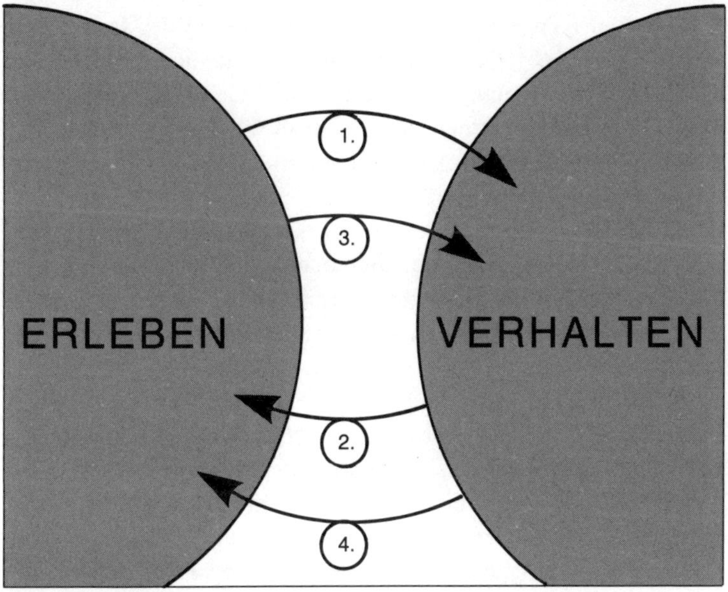

1. *Mein* Erleben steuert *mein* Verhalten
2. *Mein* Verhalten steuert *sein* Erleben
3. *Sein* Erleben steuert *sein* Verhalten
4. *Sein* Verhalten steuert *mein* Erleben

Der entscheidende Punkt für Sie als Bewerber ist in der zweiten Aussage begründet: Mein Verhalten steuert sein Erleben: nämlich das des Personalverantwortlichen. Wenn Ihr Verhalten als negativ erlebt und empfunden wird, kann es Ihnen kaum gelingen, den psychologischen Mechanismus des Erlebens und des Verhaltens zu durchbrechen.

Dieser Tatbestand bietet aber auch ungeahnte Möglichkeiten für den Bewerber, der um diesen Sachverhalt weiß. Es ist zugegebenermaßen nicht leicht, die Hauptkomponente der Persönlichkeitsstruktur eines Gesprächspartners schnell und zielsicher zu bestimmen. Wenn man sich jedoch einmal die Mühe macht, wird man sehr schnell erkennen, daß es einem von Fall zu Fall leichter fällt und man die Hauptkomponente einer Persönlichkeitsstruktur immer zielsicherer trifft.

Bei der Beschreibung der Hauptkomponenten G, A, T und E werden Sie sofort einen Bekannten oder Verwandten wiedererkannt haben, auf den die Verhaltensmerkmale zutreffen. Sie sollten Ihre Analysefähigkeiten zunächst im Verwandten- oder Bekanntenkreis testen.

Vermuten Sie bei Ihrer Schwester oder Ihrem Bruder eine stark ausgeprägte G-Komponente, dann stellen Sie bitte einmal fest, welche Verhaltensweisen sie in bestimmten Situationen zeigen. Sie werden feststellen, daß nicht nur Verhaltensweisen, sondern sogar wörtliche Äußerungen dem Bild eines G-Typen entsprechen. Ein G-Typ würde nie sagen: ,,Laß mich mit Deinen Problemen in Ruhe, sieh zu, wie Du selbst damit fertig wirst.“ Wichtig ist zunächst:

Durch die Kenntnis unterschiedlicher Persönlichkeitsstrukturen kann ich als Bewerber mein Verhalten so steuern, daß der Erlebensbereich des Personalverantwortlichen positiv beeinflußt wird.

Vorkommen und Häufigkeit der Persönlichkeitstypen

Meiner Einschätzung und Erfahrung nach sind die vier Schwerpunktkomponenten der Persönlichkeitsstruktur in der Gesamtbevölkerung der Bundesrepublik Deutschland, in Österreich und in der Schweiz nahezu gleichmäßig verteilt. Das heißt, es gibt fast gleich viele G-, A-, T- und E-Typen, wobei die Ausprägungsgrade natürlich von Individuum zu Individuum unterschiedlich sind. Das bedeutet für Sie als Bewerber, daß Sie nur in einem Viertel

Ihrer neuen Kontakte, auf einen Persönlichkeitstyp treffen, der Ähnlichkeiten mit Ihrem aufweist. Die Erfahrung zeigt, daß in einem solchen Fall die Kommunikation weitgehend problemlos verläuft. Der Volksmund spricht hier von „verwandten Seelen", von „Wesensgleichheit" – gemeint sind natürlich ähnliche Verhaltensmuster und Erlebenswerte.

Gegenseitige Akzeptanz

Ein G-Typ wird einen anderen G-Typ von vornherein eher akzeptieren, weil er Verhaltensweisen besser nachvollziehen kann, die er selbst an den Tag legt. Ein Personalverantwortlicher mit einer stark ausgeprägten G-Komponente wird nie eine sofortige Entscheidung von einem Bewerber verlangen, wenn der ihm zu verstehen gibt, daß er für eine solche Aussage noch nicht genügend Informationen hat. Er wird es hundertprozentig akzeptieren, wenn der Bewerber ihn um etwas Bedenkzeit bittet, weil er entsprechend seiner Persönlichkeitsstruktur genauso handeln würde. Grundsätzlich läßt sich sagen, daß immer dann Kommunikationsprozesse problemlos verlaufen, wenn Charaktere mit ähnlichen Persönlichkeitsschwerpunkten zusammentreffen. So wird ein E-Typ aller Wahrscheinlichkeit nach mit einem E-Typ die wenigsten Schwierigkeiten haben, zwei A-Typen verstehen sich schneller, als wenn ein G-Typ auf einen A-Typ trifft.

Rein statistisch gesehen müssen Sie also damit rechnen, daß Sie lediglich in jedem vierten Bewerbungsgespräch auf einen Personalverantwortlichen treffen, der in etwa die gleiche Persönlichkeitsstruktur aufweist wie Sie selbst. In Dreiviertel aller Fälle aber treffen Sie als Bewerber auf Personen, die eine völlig andere Persönlichkeitsstruktur haben als Sie selbst. Um auch in diesen Fällen so gut wie möglich bestehen zu können, werden wir uns mit der Frage zu beschäftigen haben, was zu tun ist, damit die Bewerbungsgespräche auch mit den „anders strukturierten" Personen aktiv und optimal vom Bewerber gestaltet werden können.

Noch ein paar Anmerkungen zur regionalen Verteilungshäufigkeit der unterschiedlichen Persönlichkeitstypen

Durch meine Seminartätigkeit in der gesamten Bundesrepublik habe ich die Erfahrung gemacht, daß in den nördlichen Regionen etwas häufiger G-Typen als in den übrigen Teilen der Bundesrepublik anzutreffen sind. Das hat offensichtlich damit zu tun, daß im hohen Norden andere Verhaltensweisen eher akzeptiert werden als in anderen Regionen. Das Ideal von der hanseatischen Zurückhaltung und Kühle schlägt hier offensichtlich bei der Erziehung und damit auch bei den beobachtbaren Verhaltensweisen durch. Im Rheinland sind dagegen mehr A-Typen zu finden als in anderen Bundesteilen; auch das ist sicherlich eine Folge der durch Erziehung übermittelten Wertvorstellungen. Je weiter man in den Süden kommt, desto häufiger treten E-Typen auf.

Festzuhalten bleibt außerdem, daß meiner Beobachtung nach die E-Anteile beim weiblichen Teil der Bevölkerung etwas stärker ausgeprägt sind als beim männlichen.

6. „Bewerbungsklippen“ der unterschiedlichen Persönlichkeitspotentiale

Nicht jeder Mensch ist in der Lage, seine individuellen Stärken in einem persönlichen Bewerbungsgespräch so zum Ausdruck zu bringen, wie es dem Ziel – eingestellt zu werden – entspricht. Lampenfieber, eine schlechte Tagesform, Ärger in der Familie, Unstimmigkeiten in der derzeitigen Stellung oder mit dem Arbeitsamt sind nur einige Gründe dafür, daß man sich in der Bewerbungssituation „negativer“ verhält, als es der Zielvorstellung angemessen erscheint. Soziale Einflußfaktoren auf das Verhalten im Bewerbungsgespräch selbst sind einfach nicht auszuschließen.

Wenn mir als Bewerber von meiner Familie eingeredet wird, daß ich für eine Position ungeeignet bin, hat dies zwangsläufig Einfluß auf mein Selbstwertgefühl – auf mein Erleben. Mein Erleben wird sich zwangsläufig auf mein Verhalten auswirken – also, mein Verhalten wird signalisieren, daß ich dem Unternehmen „Einstellung“ negativ gegenüberstehe. Mein Verhalten wird das Erleben des Personalverantwortlichen negativ beeinflussen, was mich als Bewerber in der Annahme bestätigt, daß die Bewerbung sinnlos ist. Die Konsequenzen, die sich aus dieser Erlebens-Verhaltens-Spirale ergeben, haben Sie im letzten Kapitel nachvollziehen können.

Für Sie als Bewerber heißt das, daß Sie aktiv sämtliche Einflüsse negativer Art soweit wie möglich selbst beseitigen sollten.

Der einzige, der ein Bewerbungsgespräch positiv gestalten kann, sind Sie selbst!

Sorgen Sie dafür, daß die äußeren Bedingungen in der Vorbereitung eines Bewerbungsgespräches optimal geregelt sind. Optimal bedeutet zum Beispiel:

- Lassen Sie sich keine Verhaltensweisen einreden, die nicht zu Ihnen passen (die Oma, die es mit der sprichwörtlichen Bescheidenheit vor dem Fall zu nichts gebracht hat, gibt es immer noch).
- Meiden Sie die Lügengeschichten von Leuten, die ihr Leben lang behaupten, sie hätten eine Stellung nur deswegen nicht bekommen, weil *der andere* die besseren Beziehungen hatte.
- Versuchen Sie nicht, den Abend vor einem Bewerbungsgespräch noch einmal zu „genießen“ (nach dem Motto: bekomme ich den Job, dann fängt der Ernst des Lebens an).
- Vermeiden Sie es, sich bis in die Nacht hinein mit der Organisationsstruktur oder den Entscheidungsträgern in der zukünftigen Firma zu beschäftigen. (Diese Vorbereitung sollte mindestens einen Tag vorher abgeschlossen sein.)
- Teilen Sie unbeteiligten Dritten nicht kurz vor Ihrem Bewerbungsgespräch mit, was Sie vorhaben. Sie ernten dann sowieso nur wohlgemeinte Ratschläge, die Ihnen nichts nützen.
- Sorgen Sie für körperliche und geistige Fitneß. (Ob Sie früh schlafen gehen, zur Entspannung eine heitere Fernsehserie ansehen oder ob Sie einen Spaziergang mit Ihrem Partner bevorzugen, bleibt natürlich Ihnen überlassen.)

Wichtig bei der Vorbereitung auf ein Bewerbungsgespräch ist nur, daß Sie nicht extrem von Ihren sonst üblichen Gewohnheiten abweichen und daß Sie den Dingen positiv entgegensehen. – Sie wissen ja: Mein Erleben steuert mein Verhalten, mein Verhalten steuert sein Erleben . . .

Setzen Sie Ihre Persönlichkeitsstruktur gezielt ein

Wenn es Ihnen gelingt, die äußeren Bedingungen für die Vorbereitung auf ein Bewerbungsgespräch positiv zu gestalten, kommt es im Gespräch selbst eigentlich nur noch auf Sie selbst an.

Die auf Ihren Persönlichkeitstyp zutreffenden Vorteile (wie sie bereits in den vorhergehenden Abschnitten beschrieben wurden) sind Ihr Schlüssel zum Erfolg – bei richtiger Anwendung. Damit Sie Ihre Vorteile nicht unbewußt zu Ihrem Nachteil einsetzen, beschäftigen wir uns nun mit Ihren auf andere Menschen negativ wirkenden Ausprägungen.

Es hat keinen Sinn, sich als G-Typ auf die Schulter zu klopfen und sich zu sagen, daß es ja ganz sinnvoll ist, keine vorschnellen Entscheidungen zu treffen – denn: die Gesprächspartner könnten das als Entscheidungsschwäche auslegen. Was nützt es dem E-Typ, wenn er zwar als kontaktfreudig angesehen wird, auf der anderen Seite aber leicht in den Verdacht gerät, die Kontaktfreudigkeit für private Zwecke auszunutzen? Der A-Typ kann sicherlich auf seine Fähigkeit zur Improvisation stolz sein – nur ist diese bei vielen Stellenangeboten nicht gefragt. Selbst der T-Typ kann sich dieser „Mängelliste" nicht entziehen, weil es bestimmte Positionen gibt, in denen sich die Dominanz eines bestimmten Persönlichkeitspotentials als besonders günstig erweist:

Jede Persönlichkeitsstruktur hat Vorteile wie auch Nachteile.

Wenn ich auf den folgenden Seiten bei der Beschreibung der „Nachteile" von Persönlichkeitsstrukturen von Defiziten oder von Gefahren spreche, dann ist damit der Nachteil gemeint, der dann entsteht, wenn man als Bewerber die Vorteile der individuellen Persönlichkeitsstruktur in der falschen Situation oder gegenüber dem andersdenkenden und -handelnden Personalentscheider zum Ausdruck bringt.

Wie Situationen und Personen richtig einzuschätzen sind, erfahren Sie später. Jetzt geht es erst einmal darum festzustellen, welche Nachteile, Defizite und Gefahren in Ihrer individuellen Persönlichkeitsstruktur liegen.

Der G-Typ und seine Gefahren

Ein Bewerber mit einem starken G-Anteil in seiner Persönlichkeitsstruktur hat dann nichts zu „befürchten", wenn er auf einen

Personalverantwortlichen trifft, der ähnlich viele G-Anteile aufweist. In einem solchen Fall haben Sie als G-Typ ein „Heimspiel". Sie können sich gewohnte Verhaltensweisen erlauben, weil Sie von Ihrem Verhandlungspartner verstanden werden – in der gleichen Situation würde er ähnlich handeln.

Das ist der Idealfall für Sie. Den Idealfall können Sie jedoch nicht immer erwarten, weil Menschen mit anderen Persönlichkeitsstrukturen andere Verhaltensweisen erlernt haben und als richtig empfinden.

Verhaltensweisen, die den Überzeugungen des Personalverantwortlichen zuwiderlaufen, werden leicht als Schwächen des Bewerbers ausgelegt. Diesem „Trugschluß" kann man als Bewerber entgegenwirken, indem man sich der Schwächen, die in der individuellen Persönlichkeitsstruktur liegen, bewußt wird.

Als G-Typ laufen Sie Gefahr, bei Ihrem Gesprächspartner als umständlich eingeschätzt zu werden. Das hängt damit zusammen, daß Sie das Bedürfnis haben, logische Erklärungen und nachvollziehbare Gründe zu liefern. Wann immer Sie das Gefühl haben, der Gesprächspartner habe Sie nicht richtig verstanden, sind Sie geneigt, die Gründe für Ihre Verhaltensweise oder Ihre Einstellung noch einmal und noch einmal – vielleicht unter einem anderen Aspekt – zu erläutern und einsichtig zu machen. Dies hinterläßt leicht den Eindruck von Umständlichkeit und ineffektiver Problemdiskussion, ohne daß Taten folgen.

Dieser Eindruck ist nicht ganz unbegründet, denn oft vertreten Sie Ihre Meinung nicht immer mit allem Ernst und mit allen Konsequenzen – manchmal macht es Ihnen Spaß herauszufinden, was Sie mit Ihrer Argumentation erreichen können und wie weit Sie bei Gesprächspartnern gehen können. Diese Neigung wirkt auf andere oft starrköpfig, penetrant und profilierungssüchtig.

Konsequenz für Ihr Bewerbungsgespräch:

Sie sammeln Minuspunkte, wenn Sie weiterhin versuchen, Ihre Meinung mit allen erdenklichen Argumenten zu verteidigen, von denen Sie im Grunde wissen, daß sie vom Gesprächspartner nicht akzeptiert werden. In einem solchen Fall ist es sinnvoller, eine ,,kleine Übereinstimmung" zu erzielen als die ,,Probleme der Menschheit" in einem Bewerbungsgespräch bewältigen zu wollen.

Beispiel:

Die Tatsache, daß Sie Ihre letzte Stellung aufgegeben haben, ist sicher eine Erklärung für den potentiellen zukünftigen Arbeitgeber wert. Wenn Sie dann noch erläutern, daß Ihnen – auf welche Weise auch immer – die familiären Verknüpfungen innerhalb des Betriebes hinsichtlich Ihrer Karriereplanung im Wege gestanden haben, dann ist das – vorausgesetzt Ihre Wortwahl stimmte – in Ordnung. Eine von Ihnen angezettelte Grundsatzdiskussion über die volkswirtschaftliche Bedeutung von Familienbetrieben wäre hingegen völlig unangebracht.

Die ,,kleine Übereinstimmung" wäre in einem solchen Fall für Sie, daß eine Tätigkeit in einem Familienunternehmen eine Reihe von speziellen Problemen mit sich bringt. Alle weiteren Diskussionen könnten Ihnen den Anschein der Umständlichkeit, der Prinzipienreiterei oder – je nach Dauer der Diskussion – der Penetranz einbringen.

Mitunter sind Sie geneigt, für Sie ,,heikle" Situationen durch eine Art von Humor zu bewältigen, die nicht jedermanns Sache ist. Auf die ernsthafte Frage eines Personalverantwortlichen, weshalb Sie als Personalberater tätig werden wollen, zu antworten: ,,Weil ich möglichst früh auf Ihrem Sessel sitzen möchte" kann allenfalls ein Personalverantwortlicher mit einem stark ausgeprägten G-Anteil akzeptieren.

Ein weiteres Problem für Sie dürfte mit aller Wahrscheinlichkeit die Arbeit unter Zeitdruck sein. Wenn Sie eine Terminsache übernehmen, sind Sie zunächst einmal geneigt, die Zeitvorgabe als sehr großzügig zu betrachten. Statt die vorgegebene Aufgabenstellung sofort in Angriff zu nehmen, sind Sie versucht, die Dinge erst einmal auf sich zukommen zu lassen. Ihr Gewissen beruhigen Sie damit, daß Sie ja ständig an die Aufgabe denken und daß Sie in dieser Zeit auch schon Pläne schmieden, wie die Probleme – aus den verschiedensten Blickwinkeln – gelöst werden könnten. Bei einer solchen Vorgehensweise passiert es häufig, daß Sie den tatsächlichen Zeitaufwand für eine Tätigkeit unterschätzen. Die Folge ist eine subjektiv empfundene Streßsituation – nämlich dann, wenn Sie versuchen, Ihrem Bedürfnis nach fehlerfreier Bewältigung der Ihnen übertragenen Aufgaben in immer enger werdenden Terminvorgaben gerecht zu werden. Sich selbst in Zeitschwierigkeiten zu bringen ist eine der Hauptgefahren, die in der Persönlichkeitsstruktur eines überdurchschnittlich stark ausgeprägten G-Typ liegt.

Ihren eigenen Leistungen gegenüber sind Sie eher skeptisch eingestellt. Wenn Ihre Leistungen über den grünen Klee gelobt werden, ist Ihnen das nicht nur peinlich, Sie versuchen auch noch, die „Lobeshymnen“ durch flapsige, ironische oder sarkastische Bemerkungen herunterzuspielen. Eine solche Verhaltensweise kann beim Personalverantwortlichen den Eindruck erwecken, daß Ihr Selbstwertgefühl nicht sonderlich stark ausgeprägt ist.

Einmal getroffene Vereinbarungen halten Sie unter allen Umständen ein, weil Sie der Meinung sind, daß die Regeln der Fairneß und des Anstandes so lange gelten, bis nichts Schwerwiegendes dagegen spricht. Nur – den Zeitpunkt, wann etwas Schwerwiegendes passiert oder nicht, können Sie oft erst dann bestimmen, wenn Ihre Verhandlungspartner ein Problem bereits als „abgehakt“ betrachten. So kommt es bei Ihnen sicher häufig vor, daß Sie noch über Probleme nachgrübeln, die längst erledigt sind. Ein Schreiben, das eine Absage auf eine Bewerbung beinhaltet, ist nicht nur eine Information für Sie, daß es nicht geklappt hat, es ist ein Signal für Sie, darüber nachzudenken, was Sie eventuell falsch gemacht haben.

Diese Einstellung ist an sich nicht schlecht, aber bedenken Sie bitte, daß Sie geneigt sind, mit der Nachbereitung der Probleme aus der Vergangenheit die Aktivitäten für die Gegenwart negativ zu beeinflussen.

Ein weiterer großer Nachteil Ihrer Persönlichkeitsstruktur ist die äußerst schwach ausgeprägte Fähigkeit, Gefühle zu äußern. Das heißt nicht, daß Sie ein gefühlsarmer Mensch sind, es heißt nur, daß Ihre Gefühlsäußerungen als sehr zaghaft und nicht situationsgemäß beurteilt werden.

Beispiel:

Sie werden gefragt, ob Sie eine angebotene Position ausfüllen können. Bei einer solchen Frage wird nie ein Jubelschrei über Ihre Lippen kommen, der besagen soll, daß Sie der einzige Bewerber sind, der es wagen kann, eine solche Stellung überhaupt ins Auge zu fassen. Sie werden statt dessen zum Ausdruck bringen, daß Sie unter bestimmten Voraussetzungen – und auch, wenn nichts anderes dagegen spricht – eventuell in der Lage sein werden, den Anforderungen gerecht zu werden. Eine Bemerkung wie „Sie können sicher sein, daß ich der richtige Mann, die richtige Frau für diese Position bin" wird Ihnen nicht leicht über die Lippen kommen, weil Sie derartige „Gefühlsausbrüche" für übertrieben halten.

Der Hang zum Perfektionismus hindert Sie zwangsläufig daran, spontane Entscheidungen zu treffen. Wenn Sie in einer Bewerbungssituation zu schnellen Entschlüssen gezwungen sind, werden Sie diese nur unter Vorbehalten treffen wollen – eine Entscheidung auf der Grundlage profunder Daten und für Sie nachvollziehbaren Bedingungen ist Ihnen allemal lieber.

Insgesamt kann man sagen, daß Ihr Agieren und Reagieren zukunftsorientiert und verstandesmäßig gelenkt ist. Das hat den Nachteil, daß Sie in allen gegenwartsbezogenen Situationen Ihren Mitbewerbern unterlegen sind. Und auch in Situationen, die von Ihnen klare, gefühlsmäßige Äußerungen verlangen, sind Sie Bewerbern mit einer weniger stark ausgeprägten G-Komponente nicht „gewachsen".

Welche Konsequenzen sich daraus für Ihr Verhalten in der Bewerbungssituation ergeben, finden Sie unter „9. Die richtige Einstellung beim Bewerbungsgespräch: was ist zu tun?" (S. 124)

Der A-Typ und seine Gefahren

Ein Bewerber wie Sie – mit einem starken A-Anteil in seiner Persönlichkeitsstruktur – hat dann nichts zu „befürchten", wenn er auf einen Personalverantwortlichen trifft, der ähnlich viele A-Anteile aufweist. In einem solchen Fall haben Sie als A-Typ ein „Heimspiel“. Sie legen dann Verhaltensweisen an den Tag, die von Ihrem Verhandlungspartner verstanden werden – weil er in der gleichen Situation ähnlich handeln würde.

Das wäre der Idealfall für Sie. Den Idealfall können Sie jedoch nicht (immer) erwarten, weil nicht alle Personalverantwortlichen Ihrer Persönlichkeitsstruktur entsprechen beziehungsweise andere Verhaltensweisen als sinnvoll erlernt haben und deswegen als richtig empfinden. Die Verhaltensweisen, die den Überzeugungen des Personalverantwortlichen zuwiderlaufen, werden leicht als Schwächen des Bewerbers ausgelegt.

Dem können Sie als Bewerber entgegenwirken, indem Sie sich der Schwächen Ihrer eigenen Persönlichkeitsstruktur bewußt werden.

Als A-Typ haben Sie die Tendenz, vorschnell zu urteilen. Diese Verhaltensweise birgt die Gefahr in sich, daß Nebenaspekte und subjektive Wahrnehmungen überbewertet werden.

Beispiel:

In Ihrem Bewerbungsgespräch fällt eine Bemerkung, die aus Ihrer Sicht jüngere Menschen als Führungskräfte dequalifiziert. Zum Beispiel: „Kein Biß, diese jungen Leute; keine Bereitschaft, Verantwortung zu übernehmen.“ Da Sie diese Bemerkung zweifellos auf sich selbst beziehen, werden Sie mit allem Nachdruck Widerspruch einlegen (vorausgesetzt, Sie selbst gehören noch in die Gruppe der jüngeren Generation. Ist dies nicht der Fall, werden Sie wahrscheinlich zu dem Vorfall schweigen.)

Das sichere Gefühl für die jeweilige Situation läßt Sie zwar richtig handeln, allzuleicht aber laufen Sie dadurch Gefahr, zu opportunistisch zu sein. Immer dann, wenn es um Ihre eigene Person geht, sind Sie zu allem bereit – wenn es um andere geht, wägen Sie durchaus Ihre Chancen ab. Das ist eine Verhaltensweise, die man gemeinhin „egoistisch“ zu nennen pflegt. Das ichbezogene Denken, Agieren und Reagieren ist eine der Hauptgefahren in Ihrer Persönlichkeitsstruktur. Ohne einen direkten Nutzen für Sie selbst fällt Ihnen das Handeln schwer – oder anders herum gedacht: Je eher Sie einen Nutzen für sich selbst sehen, desto eher sind Sie geneigt, schnell – manchmal vorschnell – zu handeln.

Nicht selten überschreiten Sie das gesunde Maß an Egoismus. Dem kann man natürlich entgegenhalten, daß es keine objektive Maßeinheit für gesunden oder übersteigerten Egoismus gibt. Wenn Sie aber einmal Ihren Durchsetzungswillen an dem anderer Menschen messen, müssen Sie zugeben, daß Ihrer ausgeprägter ist als der vieler anderer. Ihre ausgeprägte Durchsetzungsbereitschaft führt oft dazu, daß Sie als kalt und berechnend angesehen werden. Das heißt natürlich nicht, daß Sie kalt und berechnend *sind* – allein die *Wirkung* ist entscheidend. Mitunter kommt es aber vor, daß Sie Mitmenschen verletzen, ohne es selbst zu merken. Dies hängt damit zusammen, daß Sie leistungsorientiertem Handeln in der Regel den Vorzug geben gegenüber dem menschlichkeitsorientierten.

Beispiel:

Wird Ihnen eine Position angeboten, die ein angenehmes Arbeitsklima, nette Kolleginnen und Kollegen und wenig Verantwortung bei leichter Tätigkeit garantiert, werden Sie aller Wahrscheinlichkeit eine Tätigkeit vorziehen – sofern die Alternative gegeben ist –, die Ihnen Karrieremöglichkeiten, hohes soziales Ansehen und eine Herausforderung für Sie selbst bietet.

Ihr persönlicher Ehrgeiz kann Ihnen auch zum Verhängnis werden, nämlich dann, wenn Sie versuchen, Ziele durch Beeinflussung von Menschen und nicht durch die Bewältigung sachlicher Probleme zu erreichen. Für den Außenstehenden sieht es manchmal so aus, als würden die mitbeteiligten Menschen für Sie ein Hindernis darstellen. Die Bereitschaft zur Kooperation ist bei Ihnen so lange schwach ausgeprägt, als Sie sich keinen Nutzen von einer solchen Verhaltensweise versprechen. Die eigene Meinung konsequent zu vertreten ist sicherlich eine Stärke, die bei Bewerbungsgesprächen und bei der Verfolgung beruflicher Ziele hilft. Fragwürdig wird diese Eigenschaft aber dann, wenn taktische

Spielchen und Manipulationen der eigenen Meinung zum Durchbruch verhelfen sollen. Von allen Persönlichkeitstypen sind Sie mit Ihrer stark ausgeprägten A-Komponente in dieser Hinsicht am meisten gefährdet.

Direkt und geradlinig, wie Sie es sind, scheint es Ihnen unerträglich, wenn Sie mit Menschen zu tun haben, die – aus Ihrer Sicht – Entschlußlosigkeit und Umständlichkeit an den Tag legen. Bei solchen Kontakten werden Sie sehr schnell ungeduldig und möglicherweise auch ungerecht. Es ist eben nicht jedermanns Sache, schwerwiegende Entscheidungen spontan und ohne tiefergehende Ursachenanalyse zu fällen. Allerdings gibt es bei spontanen Entscheidungen auch einen Haken: Häufig müssen sie korrigiert werden. Deshalb müssen Sie auch damit rechnen, daß Sie von anderen Menschen als wankelmütig und nicht konsequent genug angesehen werden.

Beispiel:

Ein stark ausgeprägter A-Typ begeistert sich während eines Bewerbungsgesprächs für die ihm angebotene Stellung, weil er in seiner zukünftigen Tätigkeit ein großes Maß an Selbstverwirklichung und persönlicher Entscheidungsfreiheit gewährleistet sieht. Bei der Diskussion um die Entlohnung stellt sich heraus, daß aus seiner Sicht die Tätigkeit mit einem „Hungerlohn“ abgegolten werden soll. In einer solchen Situation ist der A-Typ ohne weitere Bedenken in der Lage, seine zuvor gezeigte Begeisterung einfach über Bord zu werfen und das Gespräch abzubrechen.

Gehen Sie davon aus, daß Dinge, die für Sie vollkommen klar sind, bei anderen Menschen oft etwas mehr Zeit brauchen, ehe sie zur Entscheidungsreife gelangen. Wenn Sie – wie im Beispiel oben geschildert – von einer Minute auf die andere Ihre Einstellung wechseln, müssen Sie sich auch den Vorwurf der Sprunghaftigkeit gefallen lassen.

Werden Ihre Vorstellungen und Wünsche Ihrer Meinung nach nicht genügend berücksichtigt, neigen Sie leicht zu Aggressivität. Sie wollen dann zu viel in zu kurzer Zeit und gegen zu viel Widerstand erreichen.

Ihr stark ausgeprägtes Selbstvertrauen macht sich mitunter auch in Ihrem nichtsprachlichen Verhalten bemerkbar. Sie haben überhaupt keine Berührungsängste gegenüber anderen Personen; es macht Ihnen zum Beispiel nichts aus, einem Mitmenschen auf die Schulter zu klopfen – wenn der Grad Ihrer Begeisterung das gerade erfordert. Ebenso schnell sind Sie allerdings auch in der Lage, sich von anderen Menschen abzuwenden.

Von Höflichkeitsformen halten Sie in der Regel sehr viel, was leicht dazu führen kann, daß sie von anderen Menschen als Formalismen und nicht echt angesehen werden. Überlegen Sie einmal, wie oft Sie einen Bekannten gefragt haben, wie es ihm geht, ohne wirklich wissen zu wollen, ob der andere nun Probleme hat oder nicht. Machen Sie sich also klar, daß Sie auf viele Menschen zwar als ,,Macher", aber auch ,,oberflächlich" wirken.

Der T-Typ und seine Gefahren

Da der T-Typ ein ausgewogenes Maß von allen Persönlichkeitspotentialen besitzt, scheinen auf den ersten Blick keine konkreten Gefahren auszumachen zu sein. In der Tat ist es so, daß der T-Typ die Stärken seiner Persönlichkeitsstruktur in verschiedensten Situationen und verschiedensten Leuten gegenüber sehr viel leichter einsetzen kann als Menschen mit anderen Persönlichkeitsstrukturen. Sie sind also in der Lage, nachdenklich zu sein, wenn es die Situation erfordert, Sie können aufbrausend sein, wenn man Sie dazu zwingt, Sie können fürsorglich sein, wenn Sie das in einer bestimmten Situation für sinnvoll halten. Die Variationsmöglichkeiten der Verhaltensmuster sind also bei einem T-Typ stärker gegeben als bei allen anderen Schwerpunkttypen. Das heißt aber nicht, daß in Ihrer Persönlichkeitsstruktur keine Gefahren lägen. Die Fähigkeit, sich müheloser als alle anderen auf die jeweilige Situation oder die beteiligte Person einzustellen, führt oft zu Verhaltensweisen, die für einen unbeteiligten Dritten nur schwer nachvollziehbar sind.

Beispiel:

Sie hatten vor einem Bewerbungsgespräch die Gelegenheit, sich ausführlich mit der Sekretärin des Personalverantwortlichen zu unterhalten. Sie haben die Unterhaltung als sehr informativ, als sehr offen und angenehm empfunden. Im Gespräch selbst werden Sie als Bewerber so abqualifiziert, daß Sie die persönliche Bewerbung von sich aus nach einigen Minuten abbrechen. Ihre verständliche Verärgerung machen Sie dem Personalverantwortlichen deutlich. Die Vorzimmerdame bekommt von Ihrer Verärgerung aber nichts „zu spüren“. Sie werden sich von ihr höflich und freundlich verabschieden, als sei in der Zwischenzeit nichts geschehen.

Zu erwarten wäre in einem solchen Fall eine Verärgerung, die sich nicht nur auf eine Person oder Situation bezieht, sondern die sich noch eine Weile fortsetzt. Stellen Sie sich einmal einen A-Typ in der oben geschilderten Situation vor – der hätte allenfalls die Sekretärin nach ein paar Tagen angerufen und um Entschuldigung dafür gebeten, daß er das Vorzimmer des Personalverantwortlichen mit rotem Kopf und abwertenden Gesten verlassen hat. Die Reaktion des T-Typs ist dagegen typisch: Was kann die Sekretärin dafür, daß der Personalverantwortliche sich nicht richtig verhalten hat?

Die Gefahr der T-Typen besteht darin, daß Sie aus der Sicht der andersstrukturierten Persönlichkeiten eine Überreaktion an den Tag legen. Dabei geht es – wie bei allen meinen Fällen – nur um die Wirkung und nicht um Tatsächlichkeiten. Natürlich ist es angebracht und menschlich, der Sekretärin des Chefs nicht die Fehler desselben anzulasten, aber man muß auch sehen, daß es für viele Menschen mit einer anderen Persönlichkeitsstruktur nicht so einfach ist nachzuvollziehen, warum man zwischen dem Chef und seinen Mitarbeitern so viele Unterschiede machen muß. Das im Beispiel geschilderte Verhalten wird dann eher so gedeutet, daß der Bewerber versucht, über einen guten Kontakt zur Sekretärin doch noch zum Erfolg zu kommen.

Fazit: Das mühelose Sich-Einstellen auf den Gesprächspartner und auf die Situation wird häufig als Opportunismus und Anpassung interpretiert.

Eine weitere, große Gefahr für die Persönlichkeitsstruktur mit einem hohen T-Anteil ist die der Manipulierbarkeit. Wenn ich weiß, daß T-Typen sich leicht auf neue Situationen einstellen können, dann bin ich als Personalverantwortlicher oder Vorgesetzter natürlich auch in der Lage, die Situationen so zu gestalten, wie sie mir in den Kram passen.

Beispiel:

Stellen Sie sich einmal vor, man würde durch ein persönliches Bewerbungsgespräch Ihre Beharrlichkeit und Ihre Durchsetzungsbereitschaft „testen" wollen. Stellen Sie sich weiter vor, daß man für dieses Vorhaben nicht einen, sondern drei Personalverantwortliche zu diesem Gespräch zur Verfügung hat. Jetzt werden Sie gefragt, welche Hobbys Sie haben. Sie sagen beispielsweise: „Schwimmen". Sie werden weiter gefragt, was Ihnen am Schwimmen so gut gefällt. Sie sagen: „Schwimmen bedeutet mir viel, weil . . ." Der zweite Personalverantwortliche fällt Ihnen ins Wort und will wissen, welche persönlichen Ziele Sie mit der in Aussicht gestellten Position verbinden. Sie gehen auf diesen Gesprächspartner ein, und Sie beginnen, die Ziele systematisch vorzutragen. Dann unterbricht man Sie wiederum, und der Dritte will von Ihnen die Gehaltsvorstellungen wissen. Sie wenden sich diesem Gesprächspartner mit der gleichen Intensität wie den beiden anderen zu und stellen Ihre Gehaltsvorstellungen dar, bis Sie wieder und wieder unterbrochen werden.

Dieses Beispiel mag Ihnen zeigen, daß es nicht immer positiv zu bewerten ist, sich jederzeit auf einen neuen Gesprächspartner und auf eine neue Situation einzustellen. In dem oben geschilderten Fall wäre es spätestens bei der zweiten Unterbrechung angebracht gewesen, eine A-Reaktion an den Tag zu legen wie etwa: „Einen Augenblick, Herr Dritter, ich möchte kurz meine Ziele zu Ende schildern." Wenn man also weiß, daß Sie ein stark ausgeprägter T-Typ sind, dann ist es auch leicht, Sie zu manipulieren. Das kann dadurch geschehen, daß man Sie bewußt in Situationen bringt, bei denen man von Ihnen vorausberechenbare Reaktionen erwarten kann, oder daß man Sie mit unterschiedlichen Personen zusammenbringt, um Sie bewußt mal so und mal so handeln zu lassen.

Die Gefahr, daß Ihre Reaktionen als Überreaktionen gewertet werden, und die Möglichkeit, daß Sie bewußt manipuliert werden, ist zugleich der Hauptnachteil, der in Ihrer Persönlichkeitsstruktur liegt. Es wäre gut für Sie festzustellen, welche von den Komponenten G, A und E bei Ihnen persönlich am stärksten ausgeprägt ist und welche Nachteile sich für Sie daraus ergeben, wenn Sie entsprechend der zweitstärksten Komponente Ihrer Persönlichkeitsstruktur agieren und reagieren.

Der E-Typ und seine Gefahren

Ein Bewerber wie Sie – mit einem starken E-Anteil in seiner Persönlichkeitsstruktur – hat dann nichts zu „befürchten", wenn er auf einen Personalverantwortlichen trifft, der ähnlich viele E-Anteile aufweist. In einem solchen Fall haben Sie als E-Typ ein „Heimspiel". Sie legen dann Verhaltensweisen an den Tag, die von Ihrem Verhandlungspartner verstanden werden – weil er in der gleichen Situation ähnlich handeln würde.

Das ist der Idealfall für Sie. Den Idealfall können Sie jedoch nicht immer erwarten, weil nicht alle Personalverantwortlichen Ihre individuellen Verhaltensweisen vorbehaltlos akzeptieren. Das ist deshalb verständlich, weil andere Persönlichkeitsstrukturen andere Verhaltensweisen als sinnvoll erlernt haben und deswegen als angemessener empfinden. Die Verhaltensweisen, die den eigenen Überzeugungen des Personalverantwortlichen zuwiderlaufen, werden dann leicht als Schwächen des Bewerbers ausgelegt.

Diesem „Trugschluß" kann man als Bewerber entgegenwirken, indem man sich der eigenen Schwächen bewußt wird.

Als E-Typ laufen Sie ständig Gefahr, Tätigkeiten oder Verantwortungsbereiche zu übernehmen, die Sie eigentlich überhaupt nicht übernehmen müßten. Es gibt Leute, die von Ihnen alles bekommen, was sie haben wollen. Offensichtlich ist es so, daß diese Leute genau wissen, wie man es anstellt, daß Sie sich engagieren. „Hauptansatzpunkt" für ein solches Vorhaben ist bei Ihnen die Gefühlswelt. Wenn jemand es schafft, Sie gefühlsmäßig positiv zu beeinflussen, kann er bei Ihnen und mit Ihnen alles erreichen – sofern es Ihnen nicht gefühlsmäßig gegen den Strich geht.

Beispiel:

Sie wissen, daß die Vorbereitung auf ein Bewerbungsgespräch von enormer Wichtigkeit ist. Dabei meine ich nicht nur die formale Vorbereitung: die Zusammenstellung der Unterlagen, die Wahl des Kleides oder des Anzugs, das bewußte Herstellen der körperlichen Fitneß – ich meine auch die gefühlsmäßige Einstellung auf das Bewerbungsgespräch. Natürlich nimmt man in Ihrem sozialen Umfeld Kenntnis von dem, was Sie vorhaben – und das ist auch gut so. Nur muß es nicht immer sein, daß man Sie bei Ihrem Bewerbungsbemühen positiv unterstützt. Stellen Sie sich einmal vor, Ihr/e Partner/in erfährt, daß Sie sich in einem Betrieb beworben haben, der auch Pflanzenschutzmittel auf chemischer Basis herstellt. Stellen Sie sich weiter vor, daß Ihr Partner ein glühender Verfechter einer naturgeregelten Bewirtschaftung unseres Ökosystems ist, dann können Sie sicher auch die Art und die Qualität der Gespräche nachvollziehen, die vor dem Bewerbungsgespräch stattfinden.

Diese „vorbereitenden" Gespräche haben auf keinen anderen Persönlichkeitstyp soviel Wirkung wie auf Sie als E-Typ. Hat man Sie einmal davon überzeugt, daß es andere Positionen gibt, in denen man sinnvoller tätig werden kann, ist es fast unmöglich, daß Sie in einem Bewerbungsgespräch glaubhaft zum Ausdruck bringen, daß Sie an der angebotenen Position interessiert sind. Gehen Sie bitte davon aus, daß in einem solchen Fall Ihr verbales und nonverbales Verhalten Ihre wahre Einstellung zu bestimmten Sachverhalten „verrät". Die emotionale Ehrlichkeit, die einen E-Typ auszeichnet, kann auch als Bumerang wirken, indem man negative Einstellungen einfach nicht verbergen kann.

Beispiel:

In einem meiner Seminare hatte ich einmal einen Herrn – einen promovierten Juristen –, der soviel Gefallen am Seminargeschehen fand, daß er sich voll engagierte. Das führte dann dazu, daß es keine Gruppenaufgabe gab, bei der er nicht die anderen Teilnehmer mit Worten und Gesten zur aktiven Mitarbeit aufforderte. Es gab kein Thema, bei dem er nicht seine persönlichen Erfahrungen mit in die Diskussion einbrachte – es gab letztlich keine Kopie, die nicht unter seiner Regie gefertigt worden wäre.

Diese Verhaltensweise hat natürlich bei einigen anderen Teilnehmern Schmunzeln und auch leichten Spott verursacht.

E-Typen haben oft Schwierigkeiten, ihr emotionales Engagement zu dosieren. Für Sie mit einer stark ausgeprägten E-Komponente in Ihrer Persönlichkeitsstruktur gibt es im Grunde nur ein Alles oder Nichts. Fühlen Sie sich einmal aufgefordert, etwas zu tun, dann tun Sie es ganz. Ein rationales Abwägen Ihrer Handlungsmöglichkeiten gibt es bei Ihnen nicht. Sobald Sie Zweifel an der Richtigkeit Ihres Handelns haben, unternehmen Sie lieber erst einmal nichts. Das hat nichts mit einer Entscheidungsschwäche zu tun, sondern basiert auf der sicheren, gefühlsmäßigen Einschätzung der jeweiligen Situation – eine Haltung, die Ihnen bei der Beurteilung von Einstellungsgesprächen sowohl nützlich als auch hinderlich sein kann.

Beispiel:

Es kann sein, daß Sie eine Position ausschlagen, weil Sie eine Aversion gegenüber dem Personalverantwortlichen aufbauen, der in Ihrem späteren Arbeitsleben überhaupt keine Rolle mehr gespielt hätte.

Es kann aber auch sein, daß einzelne Personen Sie so sehr emotional einbinden, daß Ihnen der Blick für die Realitäten verlorengeht.

Diejenigen, mit denen Sie zu tun haben, finden sehr schnell heraus, daß Sie ein idealer Partner für Gespräche über persönliche Probleme sind. Wenn man etwas überspitzt ausdrücken will, sind Sie der seelische Abfalleimer für die Probleme anderer Leute. Der Nachteil dabei ist, daß man Sie in dieser Funktion nur benutzt und daß man keineswegs gewillt ist, Ihnen die gleiche Aufmerksamkeit zu widmen, wenn Sie selbst mit Ihren Problemen auf andere Menschen zugehen. Man unterstellt Ihnen einfach, daß Ihre Gefühlswelt in Ordnung ist und daß man von Ihrem Urteil profitieren kann.

Ihre Bereitschaft, sich ehrlich und echt mit anderen Menschen zu beschäftigen, kann insofern mißinterpretiert werden, als man Ihnen leicht unterstellt, daß Sie sich eher mit den menschlichen Aspekten des Berufslebens beschäftigen wollen als mit den leistungsorientierten und wirtschaftlichen Aspekten. Daß dem nicht so ist, wissen Sie selbst am besten. Aber – wie Sie wissen – geht es immer nur um die Wirkung und nicht um Ihre tatsächlichen Motive, Einstellungen und Bestrebungen.

Die Gefahr, anderen Leuten gegenüber zu nachsichtig zu sein, muß mindestens genauso hoch eingeschätzt werden wie Ihre Bereitschaft, sich mit den Problemen anderer zu beschäftigen. Gerade in einem Bewerbungsgespräch kann diese Einstellung Ihren Mitmenschen gegenüber von großem Nachteil sein. Wenn man Ihnen in einem Bewerbungsgespräch glaubhaft vermittelt, daß man Sie als Mitarbeiter/Mitarbeiterin liebend gerne hätte, daß man aber aus bestimmten Gründen nur einen Minimallohn zahlen könne, dann sind Sie eher als andere Persönlichkeitstypen bereit, in die schlechteren Bedingungen einzuwilligen. Sie möchten andere Leute nicht vor den Kopf stoßen und sind deshalb bereit, Zugeständnisse zu machen. Sie wissen zwar, daß Sie mit dieser Verhaltensweise Gefahr laufen, ausgenutzt zu werden, können aber in vielen Fällen nichts dagegen tun. Der gleiche Verhaltensmechanismus bestimmt auch Ihr Privatleben. Haben Sie sich einmal für eine positive Einstellung einem anderen Menschen gegenüber entschieden, wird es sehr schwer sein, Sie davon abzubringen. Die Kehrseite der Medaille ist, daß Leute, die Sie einmal enttäuscht haben, für Sie „gestorben" sind. Hat sich der Personalverantwortliche Ihnen gegenüber einmal – aus Ihrer Sicht – falsch, unfair oder nicht offen genug verhalten, wird er es sehr schwer haben, Ihr Vertrauen wiederzugewinnen. Vertrauen in andere Menschen investieren zu können, ist gleichermaßen Ihre Stärke wie Ihre Schwäche.

Aus diesem Grund halten Sie auch Diskussionen über subjektiv empfundene Nebensächlichkeiten für ziemlich überflüssig, wenn die „Hauptrichtung" stimmt. Daher neigen Sie dazu, Nebensächlichkeiten zu vernachlässigen, die der Personalverantwortliche für wichtig hält.

Beispiele

- Gegenüber einem Ortswechsel würden Sie immer der Familie den Vorzug geben, wenn der Ortswechsel Nachteile für die Familie nach sich zöge.
- Sie würden nie einer angebotenen Position zustimmen, wenn der Kontakt zu anderen Menschen (Kunden, Mitarbeitern) gänzlich abgeschnitten wäre.
- Sie würden nie einem Stellenangebot zustimmen, bei dem Sie von vornherein Schwierigkeiten im menschlichen Bereich erwarten können.
- Auch wegen einer Gehalts- oder Lohnerhöhung würden Sie nie das bisherige Arbeitsteam im Stich lassen.
- Sie würden nie auf Kosten anderer Leute eine Karrierevorstellung durchsetzen wollen.

Die Liste dieser Verhaltensweisen, die auf der emotionalen Einschätzung der Situation beruht, ließe sich beliebig fortsetzen. Sie können eben nur *mit* den Menschen handeln, nicht aber *gegen* sie.

Das zeigt sich unter anderem darin, daß es Ihnen schwerfällt, Kritik an Personen zu üben. Das hat nichts mit Ihrer Kritikfähigkeit an sich zu tun, sondern damit, daß Sie bei der Kritik die Sache und die Person strikt getrennt wissen wollen.

Eine Gefahr, auf die ich Sie noch zum Schluß aufmerksam machen möchte, besteht darin, daß man Ihnen mangelnde Zukunftsplanung vorwerfen könnte. Ihr sicheres Gespür für die Erfordernisse der Gegenwart hindert Sie mitunter daran, klare und nachvollziehbare Perspektiven für die Zukunft zu entwickeln.

7. Bilanz der bisherigen Ergebnisse

In diesem Abschnitt versuche ich für Sie eine Art Bilanz zu erstellen. Bilanzen haben oft den üblen Beigeschmack, daß irgendwelche Zahlen und Daten aufgebauscht sind, andere Fakten aber überhaupt nicht zur Geltung kommen. Beides brauchen Sie bei dieser Art von Bilanz nicht zu befürchten.

Was sich wohl nicht ganz vermeiden läßt, ist die Tatsache, daß nicht alle Merkmale einer komplexen Persönlichkeitsstruktur in einer solchen Übersicht erfaßt werden können. Wenn Sie die folgende Aufgabe für sich selbst bearbeiten, dann gehen Sie bitte davon aus, daß die beschriebenen Vorteile und Gefahren der Hauptkomponenten der Persönlichkeitsstrukturen nicht vollständig sein können.

Benutzen Sie nicht einzelne der beschriebenen Verhaltensweisen dazu, jetzt schon eine Klassifizierung von Gesprächs- und Handlungspartnern vorzunehmen – diesem Schritt ist das nächste Kapitel gewidmet. Stellen Sie einfach fest, welchen der nachfolgend aufgelisteten Äußerungen Sie persönlich zustimmen können und welche Sie ablehnen müssen.

Für den T-Typ habe ich aus gutem Grund keine Vorteils-Gefahren-Liste bereitgestellt – weshalb, erläutere ich Ihnen später.

Bearbeiten Sie diese Unterlage auch dann vollständig, wenn Sie bereits wissen, daß in Ihrer Persönlichkeitsstruktur nur eine einzige Komponente überdurchschnittlich stark ausgeprägt ist. Mit dieser Unterlage haben Sie nämlich die Möglichkeit, Ihre bisherigen Ergebnisse zur verstärken.

Ob G-Typ oder nicht – entscheiden Sie durch Ankreuzen!

Vorteile	ja	nein
1. Entscheidungen werden von mir nur dann getroffen, wenn ich genügend Informationen gesammelt habe.	☒	☐
2. Die Zukunft muß gedanklich vorverarbeitet werden.	☒	☐
3. Meine beruflichen Erfolge erziele ich in erster Linie durch meine Überzeugungskraft.	☒	☐
4. Zuverlässigkeit und Beharrlichkeit sind zwei meiner Hauptwesensmerkmale.	☒	☐
5. Bei allen Konflikten steht die sachlich begründete Problemstellung im Vordergrund.	☒	☐
6. Rationalen Argumenten gegenüber bin ich zugänglicher als emotionalen Verhaltensweisen.	☐	☒
7. Mein Bedürfnis nach Distanz verhindert manche menschliche Enttäuschung.	☐	☒
8. Auch bei einfachen Sachverhalten halte ich präzise Formulierungen für notwendig.	☐	☒

Gefahren	ja	nein
9. Manchmal halten mich Gesprächs- und Verhandlungspartner für umständlich.	☐	☒
10. Meine Art von Humor (Ironie und Sarkasmus) kommt nicht bei jedem an.	☐	☒
11. Mit meinem Bedürfnis, korrekt und präzise zu arbeiten, komme ich manchmal in Zeitschwierigkeiten.	☐	☒
12. Es gibt eine Reihe von Leuten, die ein stärker ausgeprägtes Selbstwertgefühl haben als ich selbst.	☒	☐
13. Getroffene Vereinbarungen halte ich oft zu vertrauensselig ein.	☐	☒
14. Präzise Formulierungen stoßen bei meinen Verhandlungspartnern oft auf Unverständnis.	☐	☒
15. Es fällt mir mitunter schwer, meine Gefühle zu äußern.	☐	☒
16. Der Hang zum Perfektionismus hindert mich daran, spontane Entscheidungen zu treffen.	☐	☒

Ob A-Typ oder nicht – entscheiden Sie durch Ankreuzen!

Vorteile	ja	nein
1. An Selbstbewußtsein fehlt es mir nicht.	☒	☐
2. Es gibt kaum Situationen, in denen ich mir hilflos vorkomme.	☒	☐
3. Menschliche Kontakte sind auch dazu da, persönliche Ziele zu erreichen.	☒	☐
4. Entscheidungen müssen nicht immer von ewiger Dauer sein.	☒	☐
5. Ein hohes Maß an Risikobereitschaft gehört zum menschlichen Leben und damit zum beruflichen Erfolg.	☒	☐
6. Erfahrungswerte haben dann keine Gültigkeit mehr, wenn die Vorkommnisse der Gegenwart dagegen sprechen.	☐	☒
7. Spontanes Handeln gehört zu meinen Stärken.	☒	☐
8. Wenn ich Erfolg habe, möchte ich diesen auch durch andere bestätigt haben.	☒	☐

Gefahren	ja	nein
9. Manchmal urteile ich etwas vorschnell.	☒	☐
10. Wenn Gesprächspartner umständliche Formulierungen verwenden, könnte ich aus der Haut fahren.	☒	☐
11. Mir wird häufig ein Mangel an Diplomatie vorgeworfen.	☐	☒
12. Wenn andere Leute sich beleidigt geben, weiß ich oft nicht, warum.	☐	☒
13. Einige meiner Verhaltensweisen werden mir als aggressiv ausgelegt.	☒	☐
14. In meinen Augen ist es überhaupt nicht schlimm, die persönliche Meinung mit allen Mitteln durchzusetzen.	☐	☒
15. Geduld ist nicht meine Stärke.	☒	☐
16. Fehler zuzugeben fällt mir nicht leicht.	☐	☒

Sind Sie ein T-Typ? – Warten Sie die Insgesamt-Auswertung ab.

Ob E-Typ oder nicht – entscheiden Sie durch Ankreuzen!

Vorteile	ja	nein
1. Ich werde als sehr kontaktfreudig angesehen.	☒	☐
2. Meine gefühlsmäßigen Entscheidungen erweisen sich meist als richtig.	☒	☐
3. In den meisten Konfliktsituationen muß ich nicht erst lange grübeln.	☒	☐
4. Leute, die mich nicht persönlich angreifen, lasse ich auch in Ruhe.	☒	☐
5. Persönliche Erfahrungen haben einen entscheidenden Einfluß auf meine Verhaltensweise.	☒	☐
6. Ich habe ein gutes Gedächtnis für Einzelheiten.	☒	☐
7. Für „taktische Spielchen" habe ich überhaupt kein Verständnis.	☒	☐
8. Mein beruflicher Erfolg ergibt sich in erster Linie aus dem Kontakt mit anderen Menschen.	☒	☐

Gefahren	ja	nein
9. Oft übernehme ich Arbeiten, die ich überhaupt nicht übernehmen müßte.	☒	☐
10. Wenn andere Leute ihr Herz ausschütten wollen, dann tun sie das meistens bei mir.	☒	☐
11. Manchmal habe ich das Gefühl, anderen Menschen gegenüber zu nachsichtig zu sein.	☒	☐
12. Mit meiner Kontaktfreudigkeit laufe ich oft Gefahr, von anderen ausgenutzt zu werden.	☒	☐
13. Mit einem Menschen, der mich einmal enttäuscht hat, kann ich schlecht wieder „warm" werden.	☒	☐
14. Streitereien um Nebensächlichkeiten sind mir zuwider.	☒	☐
15. Persönlicher Kritik an anderen Menschen gehe ich gern aus dem Weg.	☒	☐
16. Bevor ich versuche, die Zukunft zu planen, halte ich mich lieber an die Gegebenheiten der Gegenwart.	☒	☐

Stellen Sie nun fest, wie oft Sie „ja" angekreuzt haben. Die Bitte, die Ergebnisse noch einmal zu überprüfen, verkneife ich mir, weil ich der festen Überzeugung bin, daß Sie zum gegenwärtigen Zeitpunkt so viel an kritischer Selbstbeurteilung aufgebaut haben, daß schwerwiegende Verwechslungen von tatsächlichem Persönlichkeitsbild und Wunschbild eigentlich nicht mehr vorkommen könnten. Wichtig für diesen „Check" sind nur die Ja-Nennungen – tragen Sie diese bitte unten ein:

	G-Typ	A-Typ	E-Typ
Vorteile	5	7	8
Gefahren	1	4	8
Gesamtanzahl der Ja-Nennungen	6	11	16

Insgesamt waren 48 Entscheidungen zu treffen. Es könnte also rein statistisch so sein, daß Sie in allen drei definierten Persönlichkeitsbereichen 16mal mit *ja* gestimmt haben. Dies wäre ein Ergebnis, das dem Verhaltensmuster eines hundertprozentigen T-Typs entspricht. Aber auch alle anderen gleichlautenden Ergebnisse (wie acht *Ja*-Nennungen für G, acht *Ja*-Nennungen für A und acht *Ja*-Nennungen für E) sprechen für den T-Typ. Selbst wenn Sie überhaupt keine *Ja*-Entscheidung getroffen haben, spricht das Ergebnis für Sie als T-Typ.

Für eine andere stark ausgeprägte Persönlichkeitskomponente spricht Ihr Ergebnis, wenn sich ein Ergebnis von einem anderen um vier *Ja*-Nennungen unterscheidet.

Bei dieser Verteilung handelt es sich offensichtlich um einen stark ausgeprägten G-Typ:

	G-Typ	A-Typ	E-Typ
Vorteile	8	2	4
Gefahren	6	5	1
Gesamtanzahl der Ja-Nennungen	14	7	5

Eine typische Verteilung – von der Gesamtanzahl der *Ja*-Nennungen her gesehen – wäre für einen A-Typ folgende:

Gesamtanzahl der Ja-Nennungen	6	13	4

Der Vollständigkeit halber – ein typischer E-Typ:

Gesamtanzahl der Ja-Nennungen	8	1	15

Mit der Bearbeitung des Fragebogens haben Sie folgendes erreicht:

1. Sie haben die Möglichkeit, Ihre Ergebnisse aus der Beurteilung der konkreten Verhaltensweisen zu überprüfen. Sind Sie in beiden Fällen sich selbst gegenüber ehrlich genug vorgegangen – was keiner bezweifelt –, müßte das erste Ergebnis durch das zweite bestätigt worden sein: Ihre Selbsteinschätzung ist relativ stabil. Dies hat natürlich Konsequenzen für die Wirkung Ihres tatsächlichen Verhaltens. Wenn ein Bewerber glaubt, daß er sich so gibt, wie er ist, dann ist die Wahrscheinlichkeit groß, daß er als echt empfunden wird. Baut sich der Bewerber ein realitätsfernes Eigen-

bild oder ein Wunschbild auf, dann werden auch seine Verhaltensweisen als nicht passend zu seiner Persönlichkeitsstruktur interpretiert.

Fazit: Verhalten Sie sich entsprechend Ihrer Persönlichkeitsstruktur.

2. Sie können überprüfen, inwieweit Sie durch die Lektüre dieses Buches sich selbst gegenüber sensibler geworden sind. Z.B.: Zeichnet sich durch die Bearbeitung des Verhaltenstests (die Beurteilung der vorgegebenen 15 Situationen) bei Ihnen eine leichte Tendenz zur Persönlichkeitsstruktur eines G-Typs ab, dann werden Sie möglicherweise durch die Bearbeitung der Vorteile und Gefahren eine deutliche Bestätigung Ihres ersten Ergebnisses erfahren haben. D.h.: Wenn Sie – wie in unserem Fall angenommen – deutlich mehr Ja-Nennungen im G-Bereich zu verzeichnen haben als in anderen Bereichen, werten Sie dieses Ergebnis als Bestätigung und Verstärkung Ihres ersten Ergebnisses.

3. Jetzt gibt es natürlich auch noch den Fall, daß sich die Beurteilung der Verhaltensweisen gravierend von Ihrer Einschätzung der Vorteile und der Gefahren eines Persönlichkeitstyps unterscheidet. Ist dies der Fall, dann überprüfen Sie bitte *alle* Einschätzungen noch einmal. Es kann nicht sein, daß die Einschätzung der eigenen Verhaltensweisen und die Beurteilung der Stärken und Schwächen so stark differieren, daß auf Sie voneinander abweichende stark ausgeprägte Persönlichkeitskomponenten zutreffen. Ein A-Typ etwa, der die Verhaltensweisen als A-Typ für sich selbst als richtig und sinnvoll erkennt, kann sich nicht zu allen Vorteilen und Gefahren eines G-Typs bekennen.

Beispiel:

Versetzen Sie sich bitte in die Situation Nummer 10 zurück (Seite 28). In dieser Situation wurden Sie gefragt, welche Charaktereigenschaften Sie bei einem zukünftigen Vorgesetzten am wenigsten akzeptieren würden. Wenn Sie sich für C entschieden haben, dann reagieren Sie in der geschilderten Situation so: *Sie fragen nach, welche negativen Eigenschaften Ihr zukünftiger Chef denn hat.* Diese Verhaltensweise würde dem A-Typ entsprechen. Wenn Sie dann hingehen und bei der Beurteilung der Vorteile und der Gefahren folgendes bejahen: *Manchmal halten mich Gesprächs-*

und Handlungspartner für umständlich, stimmt irgend etwas mit Ihrer Selbsteinschätzung nicht. Beide Verhaltensweisen schließen sich gegenseitig aus.

Sollten sich Diskrepanzen der oben geschilderten Art bei Ihren Einschätzungen zeigen, muß ich Sie bitten, die angebotenen Typ-Beschreibungen/Check-Listen noch einmal zu bearbeiten.

Verfälschen Sie nicht Ihr Test-Ergebnis

Es geht um Ihre Chance, bei Bewerbungsgesprächen möglichst gut abzuschneiden. Es hat deshalb überhaupt keinen Zweck, sich selbst etwas vorzumachen, die Ergebnisse zu verfälschen, um daraus dann die falschen Schlüsse zu ziehen. Im nächsten Kapitel geht es nämlich darum, die Persönlichkeitsstruktur des Personalverantwortlichen zu erkennen. Und was noch wichtiger ist: im übernächsten Kapitel sind Sie gefordert, Ihre Verhaltensweisen so zu modifizieren, daß sie dem Erfolg in einem Bewerbungsgespräch zumindest nicht entgegenstehen.

Es kann in keiner Weise darum gehen, Ihre Persönlichkeitsstruktur zu ändern. Es geht lediglich darum, die Wirkung Ihrer Verhaltensweisen positiv zu gestalten.

Wenn Sie bereit sind, über bestimmte Verhaltensweisen, die in Ihrer Persönlichkeitsstruktur begründet liegen, nachzudenken, manches als angemessen, anderes als unangemessen zu bewerten, dann sind Sie auch in der Lage, in bestimmten Situationen und bestimmten Menschen gegenüber Ihr Verhalten so zu steuern, daß es Ihren persönlichen Interessen dient und nicht schadet.

Es hat überhaupt nichts mit Anpassung zu tun, wenn ich als Bewerber die Situation und die Personalentscheider mit in mein Kalkül einbeziehe. Irgendwie macht man das aus der Erfahrung heraus ja auch schon instinktiv. Man weiß – oder fühlt –, daß man bei einem offensichtlich sehr aktiven Menschen keine guten Karten hat, wenn man sich betont passiv gibt. So ist es auch nicht verwunderlich, daß aufgrund der unterschiedlichen Persönlichkeitsstrukturen Sympathien und Antipathien entstehen. Ein Personalverantwortlicher, der ein stark ausgeprägter G-Typ ist, wird immer bewußt oder unbewußt Bewerber bevorzugen, die auch eine starke G-Komponente in ihrer Persönlichkeitsstruktur haben. Wenn nun die stark ausgeprägten A- oder E-Typen in einem Bewerbungsgespräch Verhaltensmuster an den Tag legen, die ihrem persönlichen Naturell – und nichts anderem – entsprechen, werden Sie zwangsläufig auf Unverständnis stoßen. Da Personalverantwortliche auch nur Menschen sind, werden sie in der Regel dem Verhaltensmuster den Vorzug geben, das dem eigenen am nächsten kommt.

8. Wie erkenne ich die Persönlichkeitsstruktur meines Handlungspartners?

Welchen Persönlichkeitstypen Sie bei Ihrem Bewerbungsgespräch begegnen können, haben Sie bereits erfahren. Thema dieses Kapitels ist, welche Persönlichkeitstypen „sich vertragen" und zwischen welchen Persönlichkeitstypen Spannungen und Gefühle von Antipathie auftreten können.

Nehmen wir einmal an, ein G-Typ als Bewerber trifft auf einen G-Typ als Personalverantwortlichen. Es ist zu erwarten, daß dieses Gespräch für beide Seiten harmonisch und zufriedenstellend verläuft – auch wenn dann letztendlich die Entscheidung für einen anderen Bewerber fällt. G-Typen haben die Eigenart, den Dingen auf den Grund zu gehen, sich zu informieren, Fragen auch zu scheinbaren Nebensächlichkeiten zu stellen, Zukunftsperspektiven zu eruieren, Gegebenheiten nicht einfach hinzunehmen. Da der Personalverantwortliche in der gleichen Situation dieselben Wünsche und Interessen hätte, wird es bei einer solchen Persönlichkeitskombination aller Wahrscheinlichkeit nie Schwierigkeiten geben. Erleben und Verhalten haben in diesem Fall die gleiche Zielrichtung.

Voraussetzung für die soeben beschriebene Konstellation ist, daß die G-Komponente beider Gesprächspartner in etwa gleich stark ausgeprägt ist. Schwieriger wird es, wenn die G-Komponente des Bewerbers sehr stark ausgeprägt ist, der Personalverantwortliche aber neben seiner ähnlich stark ausgeprägten G-Komponente gleichzeitig über eine weitere, nahezu gleichermaßen stark ausgeprägte Komponente verfügt.

Unstimmigkeiten beim Bewerbungsgespräch

Es ist immer wieder faszinierend zu beobachten, wie solche Gespräche verlaufen. Zunächst scheint alles harmonisch zu sein. Der Bewerber sieht sich in seiner G-typischen Verhaltensweise bestärkt und denkt überhaupt nicht daran, davon abzuweichen. Dann entdecke ich als aufmerksamer Beobachter beim Personalverantwortlichen die ersten Anzeichen der Ungeduld. Es macht sich meistens so bemerkbar: Zurechtrücken der Unterlagen, immer kürzer werdende Blickkontakte mit dem Bewerber, Hantieren mit dem Kugelschreiber, ein beziehungsloses „Jaja“ zwischendurch bis hin zur fast unwirschen Bemerkung, daß ein bestimmter Sachverhalt schon einmal erklärt wurde.

Solch ein Verhalten ist ein untrügliches Zeichen dafür, daß die Persönlichkeitsstruktur des Personalverantwortlichen neben der G-Komponente noch eine andere stark ausgeprägte, in diesem Fall die A-Komponente aufweist.

Sie sollten also in jedem Fall Veränderungen im Verhalten Ihres Verhandlungspartners sorgfältig und aufmerksam registrieren. Veränderungen sind immer ein Zeichen dafür, daß der Gesprächspartner mit der Wahl eines anderen Verhaltensschemas versucht, seine persönlichen Ziele und Interessen möglichst schnell und effektiv zu verwirklichen. In Ihrer Verantwortung als erfolgreicher Bewerber liegt es dann, die Anzeichen der Verhaltensmodifikation zu erkennen und sich auf die neue Situation so schnell wie möglich einzustellen. Unproblematisch sind folgende Kombinationen:

Bewerber		*Personalverantwortlicher*
G-Typ	◄────►	G-Typ
A-Typ	◄────►	A-Typ
T-Typ	◄────►	T-Typ
E-Typ	◄────►	E-Typ

Beispiele

- Wenn ein Bewerber immer wieder auf die Möglichkeiten der sozialen Absicherung zu sprechen kommt, wird der Personalverantwortliche den Wunsch nach umfassender Information verstehen und akzeptieren, sofern es sich um einen stark ausgeprägten G-Typ handelt.
- Wenn ein Personalverantwortlicher vom Bewerber eine schnelle und spontane Entscheidung verlangt, wird er diese zu seiner Zufriedenheit bekommen, sofern es sich um einen A-Typ-dominanten Bewerber handelt.
- Wenn man von einem Bewerber verlangt, sich bei unterschiedlichen Gesprächspartnern gleichermaßen gut zu behaupten, so kann der Bewerber eigentlich nur dann gewinnen, wenn er das ausgewogene Persönlichkeitsprofil des T-Typs besitzt.
- Bei einem Beratungsgespräch kann es durchaus erwünscht sein und als angenehm empfunden werden, wenn man sich nicht nur über geschäftliche Dinge unterhält, sondern auch den privaten und persönlichen Dingen Raum gibt – sofern es sich um zwei ausgeprägte E-Typen handelt.

Sie erkennen anhand dieser Beispiele, daß die menschliche Kommunikation für beide Seiten zufriedenstellend verlaufen kann, aber nicht muß. Eine Liste möglicher Schwierigkeiten zwischen Handlungspartnern unterschiedlicher Persönlichkeitsstruktur aufzustellen ist zwar gewagt, weil dabei die unterschiedlichen Ausprägungsgrade außer acht gelassen werden, andere als in der Persönlichkeitsstruktur begründete Sympathien und Antipathien unberücksichtigt bleiben, die unterschiedlichen Situationen nicht mit erfaßt werden können – richtungweisende Ansatzpunkte zur Verhaltensmodifikation vermag solch ein Grobraster dennoch zu bieten.

Die am wenigsten problematische Konstellation ist, wenn die dominante Persönlichkeitskomponente beider Verhandlungspartner in etwa gleich stark ausgeprägt ist. Aber auch hier gibt es einen (möglichen) Problemfall: die Kombination A-Typ – A-Typ.

Normalerweise sind sich Bewerber und Personalverantwortlicher sehr schnell einig – die Frage ist nur: wie? Bei zwei A-Typen besteht immer die Möglichkeit, daß die Antipathie genauso stark durchschlägt wie die Sympathie, die auf der Wesensverwandtschaft beruht. Überhaupt sind die A-Typen am ehesten gefährdet, vermeintlich nutzlose Gespräche vorzeitig abzubrechen und damit mögliche Chancen zu vertun. Grund: Verhaltensweisen, die andere Persönlichkeitsstrukturen als angemessen empfinden, werden von A-Typen am wenigsten akzeptiert.

Für alle Bewerber mit stark ausgeprägter A-Komponente sei hier schon einmal vorweggenommen: Sie werden mit Ihrem Verhaltensmuster die meisten Schwierigkeiten haben, sich auf Gesprächspartner mit einer unterschiedlichen Persönlichkeitsstruktur einzustellen. Das ist – wie Sie inzwischen wissen – kein Qualitätsurteil, sondern der Hinweis, daß Sie in Zukunft bewußter mit Ihren Fähigkeiten und Fertigkeiten umgehen sollten. Es gibt keine guten oder schlechten Eigenschaften – es gibt nur die gute oder schlechte Nutzung der vorhandenen Potentiale. Diese Aussage gilt nicht nur für stark ausgeprägte A-Typen, sondern für das ganze Spektrum der menschlichen Handlungsmöglichkeiten.

Die wenigsten Konfliktstoffe ergeben sich meiner Erfahrung nach aus dieser Kombination:

Personalverantwortlicher		*Bewerber*
E-Typ	◄──────►	E-Typ

Hier „tut" man sich gegenseitig nichts im menschlichen Bereich. Man akzeptiert den Gesprächspartner auch dann, wenn es für den Betrieb oder die beteiligten Personen nicht zu einer Einigung kommt. Fehlen beim Bewerber die fachlichen Qualifikationen, wird dies angesprochen, es wird Übereinstimmung darüber erzielt, daß die geforderten Qualifikationen von einem anderen Bewerber besser erfüllt würden, und damit hat sich die Sache – ohne daß ein schaler Nachgeschmack zurückbleibt.

Ähnlich sieht es bei dieser Konstellation aus:

Personalverantwortlicher		*Bewerber*
T-Typ	◄──────►	E-Typ

Der Personalverantwortliche wird sich in der Regel mit den Bedürfnissen und Interessen des Bewerbers identifizieren können, weil ihm aufgrund seiner Persönlichkeitsstruktur auch die Verhaltensweisen eines E-Typs nicht fremd sind.

Das gleiche gilt für die folgenden Konstellationen:

Personalverantwortlicher		*Bewerber*
T-Typ	◄──────►	G-Typ
T-Typ	◄──────►	A-Typ
T-Typ	◄──────►	T-Typ

Schwieriger wird es bei Gesprächen, in denen stark ausgeprägte Persönlichkeitskomponenten aufeinandertreffen:

Personalverantwortlicher		*Bewerber*
G-Typ	↔	G-Typ
A-Typ	↔	A-Typ

Bei einer solchen Konstellation kann es passieren, daß ein ,,Wettstreit" der Strukturen stattfindet: Jeder der Beteiligten versucht, seine Meinung und Interessen durchzusetzen. Im ersten Fall kann das zu unergiebigen Diskussionen über Nebensächlichkeiten führen, im zweiten Fall zu einer unüberwindbaren Konfrontation (wie bereits als Gefahr beschrieben).

Nicht ganz einfach sind meiner Erfahrung nach auch diese Konstellationen:

Personalverantwortlicher		*Bewerber*
E-Typ	↔	G-Typ
E-Typ	↔	A-Typ

Hier hat es der Bewerber besonders schwer, weil E-Typen in der Regel in sich gefestigte Persönlichkeiten sind, die zwar in der Lage sind, andere Verhaltensweisen zu akzeptieren, ihre Entscheidung aber meist davon abhängig machen, ob der Bewerber ein bestimmtes Maß an Sympathie wecken kann oder nicht. Gerade bei einer solchen Konstellation kommt es für den Bewerber entscheidend darauf an, sich in seinen Verhaltensweisen auf die Persönlichkeitsstruktur des Personalverantwortlichen einzustellen.

Die schwierigste Kombination unterschiedlicher Persönlichkeitsstrukturen ist nach meiner Erfahrung folgende:

Personalverantwortlicher		*Bewerber*
A-Typ	↔	G-Typ

Der Bewerber wird es sehr schwer haben, gegenüber Mitbewerbern mit einer anderen stark ausgeprägten Persönlichkeitskomponente zu bestehen, weil ein solches Gespräch von vornherein von Vorurteilen belastet ist. Der Personalverantwortliche hält den Bewerber mit der G-Komponente für umständlich, ausschweifend, pingelig und nicht fähig, sich klar und präzise auszudrücken. Umgekehrt empfindet der Bewerber den Personalverantwortlichen als oberflächlich, rigoros, zu ungenau, zu unüberlegt, nicht diplomatisch genug und manchmal sogar beleidigend. Daß auf dieser Basis ein vernünftiges und zielgerichtetes Gespräch stattfinden kann, ist auf den ersten Blick schwer vorstellbar, dennoch kann es gelingen.

„Schwierige" Gesprächspartner für sich gewinnen

Gespräche zwischen problematischen Persönlichkeitskonstellationen gelingen, wenn der Bewerber die Persönlichkeitsstruktur seines Gesprächspartners frühzeitig und zielsicher erkennt, wenn er gewillt ist, seine Verhaltensweisen auf den Gesprächspartner einzustellen, und wenn er in der Lage ist, dies auch zu tun.

Diesem Anliegen ist der Rest dieses Buches gewidmet.

Konkret stellen sich folgende Fragen:

- Was kann ich tun, um in Zukunft mit einem stark ausgeprägten A-Typ als Personalverantwortlichem besser zurechtzukommen, wenn ich weiß, daß bei mir als Bewerber die E-Komponente in meiner Persönlichkeitsstruktur stärker ausgeprägt ist als die anderen Komponenten?
- Was kann ich als Bewerber tun, um als G-Typ mit dem T-Typ als Personalverantwortlichem erfolgreichere Gespräche zu führen?
- Wie setze ich die Vorteile, die in meiner Persönlichkeitsstruktur liegen, gezielt ein, und wie umgehe ich die Gefahren?

Die Fragen, die sich aus dem Persönlichkeitsmodell ergeben, ließen sich beliebig fortsetzen: Jede Situation und jede Person (Personalverantwortlicher oder Bewerber), mit der ich beim Bewerbungsgespräch zu tun habe, rechtfertigt eine solche Frage und verdient eine Antwort.

Sollten Sie in der „Liste" der schwierigen Gesprächskonstellationen einige Kombinationen vermißt haben, ist das völlig korrekt beobachtet. Es geht nicht um die Vollständigkeit aller statistischen Möglichkeiten, sondern darum, Ihnen deutlich zu machen, daß manche Gespräche für Sie schwieriger werden können als andere. Ich gehe davon aus, daß Sie die Gewichtung Ihrer Persönlichkeitspotentiale mittlerweile kennen; daß Sie wissen, welche anderen Komponenten „im Spiel" sind, so daß Sie sich mit Hilfe dieser Kenntnisse in jeder Gesprächskonstellation einordnen können.

Das „Sich-Einordnen" und die Kenntnis der anderen Persönlichkeitsstrukturen sind unbedingte Voraussetzung dafür, daß Sie aus den nachfolgenden Kapiteln persönlichen Nutzen für Ihr Bewerbungsgespräch ziehen.

Lesen Sie zur Sicherheit noch einmal die Beschreibung Ihrer individuellen Persönlichkeitsstruktur. (Vergessen Sie dabei die „Gefahren" nicht.) Machen Sie sich noch einmal vertraut mit den „andersartigen" Persönlichkeitsstrukturen. Sie werden es dann leichter haben, Ihre Verhaltensweisen entsprechend der nachfolgenden Empfehlungen zu modifizieren.

9. Die richtige Einstellung beim Bewerbungsgespräch: Was ist zu tun?

Dieses Kapitel gliedert sich in Ratschläge, Hinweise und Empfehlungen, die sich auf die unterschiedlichen Persönlichkeitskomponenten beziehen. Wenn Sie jetzt den für Sie persönlich interessantesten Abschnitt heraussuchen, dann ist dagegen nichts einzuwenden. Unbedingt lesen sollten Sie aber alle Ratschläge; sie enthalten wertvolle Hinweise darauf, wie andere Menschen denken, fühlen und handeln. Sie haben es bei einem Bewerbungsgespräch immer mit einem anderen Menschen zu tun, der aufgrund seiner Position, seines Verantwortungsbereichs, seiner Bildung, seiner individuellen Erfahrungen, seiner Lebenseinstellung und seinen erlernten Verhaltensweisen unterschiedlich agiert und reagiert. Nehmen Sie diese Unterschiede zur Kenntnis und werden Sie in der empfohlenen Richtung aktiv.

Jeder Mensch empfindet es als angenehm und wohltuend, in seiner Persönlichkeit bestärkt zu werden. Machen Sie also nicht den Fehler, Ihre eigenen Anschauungen, Ihre Interessen und Ihre Wünsche einfach auf andere übertragen zu wollen – jedenfalls nicht in einem Bewerbungsgespräch, das innerhalb von Minuten über Ihre berufliche Zukunft entscheidet. Selbstverwirklichung im Beruf findet später und auf anderen Schauplätzen statt.

Fazit für Ihre Gesprächsstrategie:

Die Herausforderung, eine Bewerbung optimal zu bestehen, ist eine Sache; eine berufliche Position zu erhalten, die die Verwirklichung meiner Interessen und Wünsche erlaubt, eine andere.

Entscheiden Sie sich für den ersten Schritt und gestalten Sie Ihre Bewerbung so gut, wie Ihre Persönlichkeitspotentiale es zulassen.

Der G-Typ: Ratschläge für Ihr Bewerbungsgespräch

Bleiben Sie auch im Bewerbungsgespräch Ihrer Persönlichkeitsstruktur treu; handeln Sie so, wie Sie auch in weniger entscheidenden Situationen handeln würden. Allein der Versuch, eine andere Persönlichkeit als Ihre eigene vorzuspielen, läßt Sie in den Augen Ihres Gesprächspartners unglaubwürdig erscheinen.

Nutzen Sie die Möglichkeiten Ihres Handlungspotentials und vermeiden Sie:

- Gefühlsausbrüche; sie passen nicht zu Ihnen.
- euphorische Aussagen, die Sie bei näherer Betrachtung als nicht haltbar ansehen.
- sogenannte „In"-Wörter wie „super", „klasse", „stark".
- übertriebene Gestik und Mimik.
- Freundlichkeiten und Höflichkeiten, die Sie in der Situation Ihres Gesprächspartners nicht hundertprozentig akzeptieren würden.
- Albernheiten, ironische oder gar sarkastische Bemerkungen.
- eine allzu bedächtige Sprechweise.
- sich den Verhaltensweisen Ihres Gesprächspartners anzupassen.

Diese generellen Empfehlungen möchte ich spezifizieren:

Auf welchen Typ „Personalverantwortlicher" muß ich mich als Bewerber mit einer stark ausgeprägten G-Komponente einstellen?

Gehen Sie immer davon aus, daß Sie von unterschiedlichen Personalverantwortlichen unterschiedlich eingeschätzt werden, daß Ihre Verhaltensweisen unterschiedlich bewertet werden und daß Sie aufgrund Ihrer andersartigen Persönlichkeitsstruktur mitunter auch mit Vorurteilen konfrontiert werden.

Die Grafik rechts zeigt, mit welchen Konstellationen Sie rechnen müssen:

- Wie Sie in der Regel unterschiedliche Gesprächspartner sehen (obere Hälfte der Grafik).
- Wie Sie in den Augen anderer gesehen werden (untere Hälfte der Grafik).

So sehe ich die anderen:

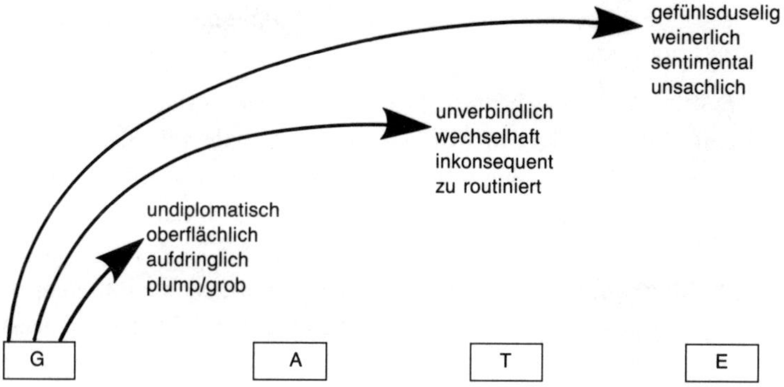

So sehen die anderen mich:

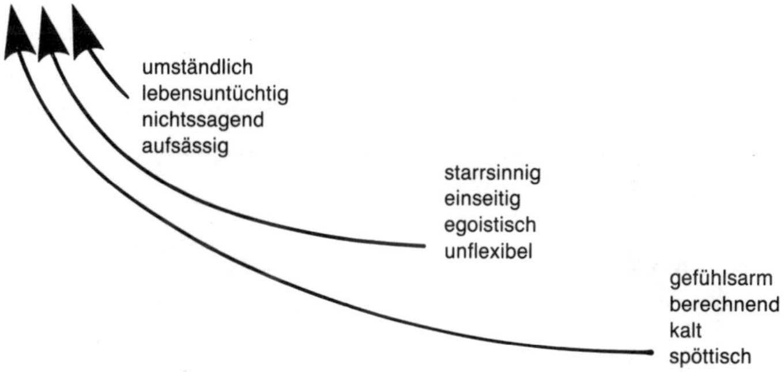

Geraten Sie wegen der Grafik nicht in Panik. Die Negativwertungen zu Ihrem Verhalten sind Absicht, um Sie auf den Extremfall vorzubereiten.

Natürlich ist es nicht immer so, daß E-Typen Sie als gefühlsarm betrachten. Wer sich länger mit Ihrer Person beschäftigen kann, muß feststellen, daß Sie das Gegenteil von gefühlsarm sind. Sie sind jedoch nicht – wie andere – in der Lage, Ihre Gefühle direkt und unvermittelt zu zeigen. Nur deshalb entsteht der Eindruck der Gefühlsarmut.

Grundsatz: Es geht nicht um Tatsächlichkeiten, sondern nur um Ihre Wirkung auf andere.

In der kurzen Zeit während des Bewerbungsgesprächs kann man von einem Personalverantwortlichen nicht verlangen, daß er herausfindet, ob Sie tatsächlich eher gefühlsarm sind oder ob sich hinter den nicht geäußerten Gefühlen in Wirklichkeit doch welche verstecken.

Formuliert man Ihre augenscheinlich negativen Verhaltensweisen positiv, dann wäre „gefühlsarm" mit „sachlich" gleichzusetzen, der Begriff „berechnend" würde durch das schöne Wort „planend" ersetzt, und „spöttisch" bekäme aus der Sicht des Personalverantwortlichen die Bedeutung von „überlegen" – nur um einige Beispiele zu geben.

Natürlich gibt es noch eine Reihe von anderen Begriffen, die Ihr Verhalten in seiner Wirkungsweise auf andere Menschen bezeichnen. Wenn es Ihnen gelingt, die zwölf genannten Negativeindrücke zu verhindern, sind Sie Mitbewerbern, denen das nicht gelingt, meilenweit überlegen.

Wie verhalte ich mich gegenüber einem Personalverantwortlichen mit einer stark ausgeprägten A-Komponente?

Wenn Sie die Beschreibung des A-Typs aufmerksam gelesen haben, werden Sie wissen, daß Sie es hier mit einem Gesprächspartner zu tun haben, der die Aktion, die schnellen Entschlüsse und die Reaktionsfähigkeit eines Bewerbers schätzt. Sie sollten also auf Fragen des Personalverantwortlichen so präzise wie möglich antworten.

Aufgrund meiner eigenen Persönlichkeitsstruktur weiß ich, daß es G-Typen sehr schwer fällt, einfach nur *ja* oder *nein* zu sagen, ohne eine Erklärung für das *Ja* oder das *Nein* mitzuliefern. Ein G-Typ hat immer das Bedürfnis, die eigenen Verhaltensweisen, Einstellungen und Interessen auch erklären zu müssen. Trennen Sie sich von dieser liebgewordenen Eigenschaft und lassen Sie es bewußt bei einer klar formulierten Aussage bewenden.

Eine Aussage wie ,,Bei meinem jetzigen Kenntnisstand kann ich nicht ganz ausschließen, daß mir die angebotene Position unter Umständen zusagen würde, wenn Sie mir dann noch sagen würden . . .'' würde den Geduldsfaden jedes A-Typs überspannen. Mangelnde Risikobereitschaft und unpräzise Aussagen sind dem A-Typ ein Greuel. Wenn Sie allerdings wirklich unsicher sind, wird es Ihnen kein A-Typ-Personalverantwortlicher verübeln, wenn Sie ihm klipp und klar sagen, daß Sie sich jetzt noch nicht entscheiden können.

Verwenden Sie häufiger die Methode des Fragens. Ihre Persönlichkeitsstruktur birgt die Gefahr, daß Sie zuviel argumentieren, um Ihre Überzeugungen anderen deutlich zu machen. Stellen Sie statt dessen mehr öffnende Fragen. Mit ihrer Hilfe erhalten Sie weit mehr Informationen als mit Ihren beinahe verklausulierten Argumentierfragen.

Die Technik der öffnenden Frage

Öffnende Fragen heißen auch W-Fragen, weil sie zum Beispiel mit *was, wer, warum, weshalb, wieso* beginnen. Es ist ungeschickt zu fragen: ,,Reicht Ihnen mein Gesellenbrief als Qualifikation aus?'', weil die Antwort nur ja, nein oder vielleicht sein kann. Viel geschickter wäre die Frage: ,,Welche Qualifikationen außer meinem Gesellenbrief sind sonst noch gefordert?'' Damit haben Sie den Gesprächspartner mit Hilfe einer öffnenden Frage aufgefordert, Ihnen Informationen zu liefern, die für Ihre Entscheidung von Bedeutung sein könnten.

Beispiele für öffnende Fragen:

- *Welche* Aufstiegschancen habe ich in Ihrem Unternehmen?
- *Wer* entscheidet darüber, ob ich die Position bekomme?
- *Warum* ist die Einarbeitungszeit so kurz bemessen?
- *Wann* kann ich mit Ihrer Nachricht rechnen?

Trennen Sie sich von Ihrer Argumentierlust und steuern Sie das Gespräch bewußt durch den Einsatz von öffnenden Fragen.

Lassen Sie die Vergangenheit aus dem Spiel. Ich meine damit die Unsitte, für jede Verhaltensweise oder Einstellung die Begründung aus den Ereignissen der Vergangenheit heraufzubeschwören – nach dem Motto: „Ich bin deshalb zu dieser Überzeugung gekommen, weil ich bei meiner letzten Position einmal folgendes erlebt habe . . ." Der A-Typ ist ein Mensch, der in der Gegenwart lebt und überhaupt kein Interesse daran hat, wie es Ihnen vor fünf Jahren einmal ergangen ist.

Verbeißen Sie sich nicht in Diskussionen. Es ist zwar gut und schön, wenn Sie Ihre Position „bis zum letzten Atemzug" verteidigen; diese Fähigkeit sollten Sie sich aber für den Fall aufheben, daß Sie auf einen Persönlichkeitstyp treffen, der dem Ihrigen möglichst ähnlich ist. A-Typen mögen das überhaupt nicht. Mimik und Gestik des Personalverantwortlichen verraten Ihnen sehr genau, wann er einen Gesprächsabschnitt für überzogen, für genügend diskutiert und für überflüssig hält.

Beharren Sie nicht auf Ihrer Meinung; dazu haben Sie später noch genügend Gelegenheit – wenn Ihr Bewerbungsgespräch erfolgreich verlaufen ist.

Wie verhalte ich mich gegenüber einem Personalverantwortlichen mit einer stark ausgeprägten T-Komponente?

Wenn Ihr Gesprächspartner ein ausgeprägter T-Typ ist, können Sie davon ausgehen, daß die G-, A- und E-Anteile seiner Persönlichkeitsstruktur in etwa gleich stark ausgeprägt sind. Das bedeutet für Sie mit einer stark ausgeprägten G-Komponente, daß Sie sich zunächst uneingeschränkt so verhalten können, wie es Ihrer individuellen Persönlichkeitsstruktur entspricht. Sie werden mit Ihren G-Verhaltensweisen auf Verständnis stoßen, weil sie dem T-Typ nicht fremd sind.

Schwierig wird es nur dann, wenn der Personalverantwortliche – bewußt oder unbewußt – während eines Bewerbungsgesprächs zu Verhaltensweisen greift, die den Komponenten A oder E zuzuordnen sind. Sie wissen, daß ein T-Typ jederzeit und ohne Vorankündigung zu schnellen Verhaltensänderungen fähig ist. Vermeiden Sie es in einem solchen Fall unbedingt, alle unterschiedlichen Verhaltensweisen mitzuspielen. „Mitspielen" würde bedeuten, daß Sie beispielsweise auf die naßforsche Frage „Na, wie wär's mit uns beiden?" antworten: „Mit Ihnen immer, Chef." Eine solche Reaktion paßt nicht zu Ihrem Persönlichkeitsbild und würde als unecht und gespielt empfunden werden. Reagieren Sie mit „Es freut mich, daß Sie meine Bewerbung so positiv sehen," entspricht das eher Ihrer Persönlichkeitsstruktur, und außerdem finden Sie beim T-Typ Verständnis für die Rückführung des Gesprächs auf die sachliche Ebene.

Passen Sie sich nicht der jeweiligen Situation an, sondern versuchen Sie, die Vorteile Ihrer Persönlichkeitsstruktur so deutlich wie möglich zu machen. Dazu gehört es, daß Sie sich nicht „einlullen" lassen. Das passiert dann, wenn der Personalverantwortliche eine E-typische Gesprächsphase einschlägt. In solchen Phasen versucht er, Ihre persönlichen Einstellungen und Meinungen ausfindig zu machen. Das ist sein gutes Recht. Seine Vorgehensweise sollte Sie stutzig machen. Meist beginnen solche Gesprächsabschnitte mit Formulierungen wie „Sagen Sie mal, so ganz im Vertrauen . . .". Lassen Sie sich durch solche „Ankündigungen" nicht zu plump-vertraulichen Gesprächen hinreißen. Bei Ihnen als G-Typ besteht die Gefahr, daß Sie Dinge von sich geben, die im nachhinein als überflüssig oder gar taktisch unklug zu beurteilen sind.

Bleiben Sie sich selbst treu, und versuchen Sie nicht, eine Rolle zu spielen. Die Verhaltensweisen, die sich aus Ihrer G-Komponente ergeben, werden von Personalverantwortlichen mit stark ausgeprägter T-Komponente akzeptiert und mit einem harmonischen Gesprächsverlauf honoriert.

Wie verhalte ich mich gegenüber einem Personalverantwortlichen mit einer stark ausgeprägten E-Komponente?

E-Typen sind sehr gefühlsbetont und sehr gefühlssicher. Es hat also bei einem Gespräch mit einem Personalverantwortlichen mit stark ausgeprägter E-Komponente keinen Zweck, anders erscheinen zu wollen, als man ist. Der E-Typ merkt sofort, wenn Sie etwas dick auftragen oder versuchen, Tatbestände zu verheimlichen, die sich für Sie ungünstig auswirken könnten.

Oft ist es so, daß ein E-Typ nicht einmal erklären kann, warum er einen Bewerber ablehnt, den anderen mit der gleichen Qualifikation aber bevorzugt. Sein sicheres Gefühl für Menschen, die echt, aufrichtig und ehrlich sind, beeinflußt seine Entscheidung wesentlich. Es kann also für Sie als G-Typ nichts anderes geben, als im Gespräch auf die Wünsche Ihres Gesprächspartners einzugehen und – wenn es der E-Typ-Personalverantwortliche im Extremfall wünscht – ein zweistündiges Gespräch über Ihre privaten Hobbys zu führen. Gehen Sie davon aus, daß er die Erkenntnisse aus diesem Gespräch zu einer letztendlichen Entscheidung mit heranziehen wird. Lassen Sie sich nicht dadurch beeinträchtigen, wenn es der Personalverantwortliche mühelos schafft, eine persönliche und vertrauliche Atmosphäre zu schaffen. Das liegt an seinem Bedürfnis nach Harmonie, welches auch dann nicht in den Hintergrund tritt, wenn es für beide Beteiligten um Entscheidungen von weitreichender Bedeutung geht. Im Mittelpunkt des Handelns steht beim E-Typ immer der Mensch. Fühlen Sie sich als solcher akzeptiert.

Versuchen Sie nicht, die Gesprächsführung an sich zu reißen. Lassen Sie das Gespräch einfach „laufen" und achten Sie auf Signale, die vom Personalverantwortlichen kommen.

Ein *typisches Signal* wäre: „Ich kenne viele Jugendliche, die den Wert einer sportlichen Betätigung nicht erkennen." Sie sind damit aufgefordert, über Ihre eigenen sportlichen Ambitionen und Aktivitäten zu berichten. Von E-Typen kommen häufig Signale, die sich nicht unbedingt auf den Berufsbereich beziehen, die auf andere Lebensbereiche abzielen wie etwa die Beurteilung der eigenen Jugendzeit, Einstellung zu den Eltern, Einschätzung gesellschaftlicher Entwicklung, Vorlieben und Interessen in den Bereichen Sport, Kultur oder Musik.

Greifen Sie diese Hinweise auf und *vermeiden Sie,* durch Gesprächstechniken wie „Strukturierung des Gesprächs", „Fragen zur Herstellung von Gemeinsamkeiten", „Zusammenfassen einzelner Gesprächsabschnitte", „abschließende Fragen zur Fixierung von Teilergebnissen" das Ergebnis beeinflussen zu wollen. Eine Beeinflussung des Gesprächs würde der E-Typ nicht akzeptieren, weil er solche Techniken im Bereich der Manipulation ansiedelt. Mit anderen Worten: Haben Sie einen Personalverantwortlichen des stark ausgeprägten E-Typs vor sich, dann *reagieren* Sie nur auf seine Impulse und vermeiden Sie es, selbst zu *agieren.*

Der A-Typ: Ratschläge für Ihr Bewerbungsgespräch

Der erste, bei Ihrer Persönlichkeitsstruktur beinahe überflüssige Rat: Bleiben Sie im Bewerbungsgespräch Ihrer Persönlichkeitsstruktur treu, verhalten Sie sich so, wie Sie es auch in anderen Situationen tun würden. Bei Ihrer stark ausgeprägten A-Komponente laufen Sie kaum Gefahr, sich lächerlich zu machen. Ihr Selbstbewußtsein sagt Ihnen, daß Sie sich auch in einer Bewerbungssituation nicht verstellen müssen. Andere, möglicherweise unecht wirkende Verhaltensweisen an den Tag zu legen haben Sie nicht nötig.

Gehen Sie immer davon aus, daß Sie von unterschiedlichen Personalverantwortlichen unterschiedlich eingeschätzt werden, daß Ihre Verhaltensweisen unterschiedlich bewertet werden und daß Sie aufgrund Ihrer andersartigen Persönlichkeitsstruktur mitunter auch mit Vorurteilen konfrontiert werden.

Machen Sie also von den Möglichkeiten Ihres Handlungspotentials Gebrauch, aber vermeiden Sie:
• spontane Äußerungen, die Ihnen als undiplomatisch oder gar beleidigend ausgelegt werden könnten. • Übereinstimmungen sofort zu Ihrem Vorteil auszunutzen. • Höflichkeitsfloskeln als taktisches Mittel einzusetzen. • Erfahrungswerte anderer Personen zu ignorieren. • das Gespräch an sich zu „reißen". • sich selbst für die „Krone der Schöpfung" zu halten und andere Meinungen nicht gelten zu lassen. • Äußerungen, die den Informationsstand des Gesprächspartners überschreiten. • mehr scheinen zu wollen, als Sie sind. Kontrollieren Sie deshalb vor allem Mimik, Gestik und Körperhaltung.)

Die Grafik rechts veranschaulicht, mit welchen Konstellationen Sie rechnen müssen:

- Wie Sie in der Regel unterschiedliche Gesprächspartner sehen (obere Hälfte der Grafik).
- Wie Sie in den Augen anderer gesehen werden (untere Hälfte der Grafik).

So sehe ich die anderen:

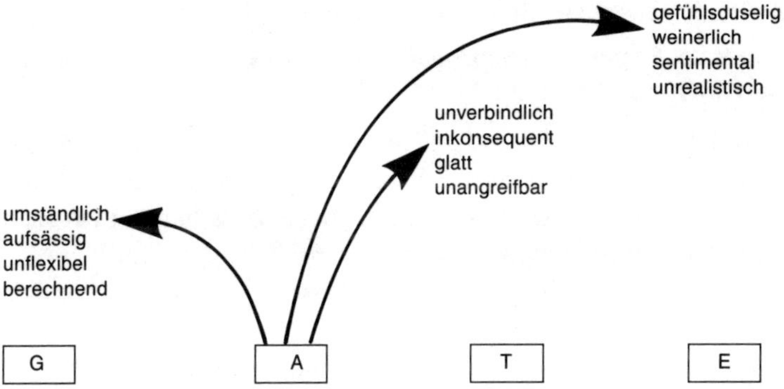

So sehen die anderen mich:

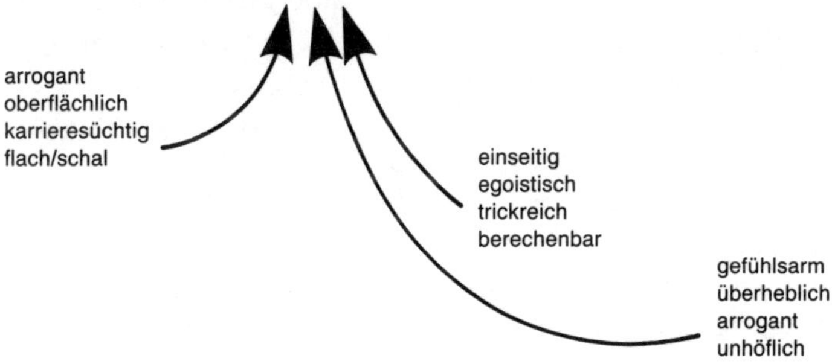

Die Grafik „So sehe ich die anderen/So sehen die anderen mich" zeigt Ihnen die Extrempositionen auf, mit denen Sie in einem Bewerbungsgespräch zu rechnen haben, wenn Sie auf Persönlichkeitsstrukturen treffen, bei denen eine andere Komponente stärker ausgeprägt ist als bei Ihnen selbst. Natürlich ist es nicht so, daß augenscheinliche Arroganz Ihrer Persönlichkeitsstruktur der Wirklichkeit entspricht, aber: Ihre Verhaltensweise und Ihre sprachlichen Äußerungen können bei anderen den Eindruck von

Arroganz wecken. In Ihrem Bewerbungsgespräch geht es also nicht darum, ob Sie arrogant sind, sondern darum, wie Sie den Eindruck der Arroganz vermeiden können.

Grundsatz: Es geht nicht um Tatsächlichkeiten, es geht immer nur um Ihre Wirkung auf andere.

In der kurzen Zeit während des Bewerbungsgesprächs können Sie von einem Personalverantwortlichen nicht verlangen, daß er herausfindet, ob Ihre Arroganz nun tatsächlich vorhanden ist oder nicht. Es liegt an Ihnen, deutlich zu machen, daß hinter Ihrem vermeintlich arroganten Verhalten Wissen, Erfahrung, Können und die richtige Einstellung stecken.

Nur dann, wenn es Ihnen gelingt, dem Personalverantwortlichen gegenüber die bei Ihrem Persönlichkeitstyp möglichen negativen Eindrücke nicht zu bestätigen, sind Sie Mitbewerbern überlegen. Sie haben es in der Hand, den Eindruck der Oberflächlichkeit nicht aufkommen zu lassen und Verhaltensweisen an den Tag zu legen, die nicht als egoistisch mißinterpretiert werden können. Die negativen Begriffe in der vorhergehenden Grafik sind bewußt gewählt und können auch positiv umgedeutet werden. So würde aus „trickreich" „clever", aus „einseitig" „geradlinig", aus „gefühlsarm" „sachlich orientiert".

Diese positiv umfrisierten Bezeichnungen für Ihre Verhaltensweise würden aber das Defizit Ihrer Persönlichkeitsstruktur verdecken und nicht deutlich machen, in welchen Punkten Sie sich leicht korrigieren oder bremsen sollten.

Wie verhalte ich mich gegenüber einem Personalverantwortlichen mit einer stark ausgeprägten G-Komponente?

Personalverantwortliche mit stark ausgeprägter G-Komponente legen Wert darauf, daß Bewerbungsgespräche korrekt verlaufen; sie wollen anderen Bewerbern die gleichen Chancen einräumen wie Ihnen. Gehen Sie also davon aus, daß Sie auf einen Gesprächspartner treffen, der die Vor- und Nachteile eines Bewerbers abzuwägen weiß.

Als A-Typ haben Sie die Gabe, die Dinge sehr *schnell* und *präzise* auf den Punkt zu bringen. Aber: Gehen Sie davon aus, daß der Personalverantwortliche dazu nicht in der Lage ist – etwa Ihre Spontaneität und Begeisterungsfähigkeit einfach hinzunehmen. Vermeiden Sie spontane Reaktionen (unüberlegter Art) und saloppe Bemerkungen, die mißverstanden werden könnten. Warten Sie ab, was der Personalverantwortliche von Ihnen will. Einem A-Typen fällt das zwar schwer, doch erfahrungsgemäß ist das die einzige Verhaltensweise, um einen G-Typ positiv zu stimmen. Nichts ist schlimmer für einen G-Typ als der Versuch, ihn mit Meinungen überrollen zu wollen. Widersprechen Sie der Meinung eines G-Typs, und Sie werden gebündelte Argumente, Fakten und Expertenmeinungen zu hören bekommen. Sie sind der Typ, der durch seine Persönlichkeit überzeugt, also lassen Sie es dabei. Lassen Sie sich mit G-Typen nie auf eine Detaildiskussion ein – Sie werden im Endeffekt immer auf der Verliererseite sein.

Sich auf den G-Typ einstellen

Die Mühe, sich auf einen G-Typ einzustellen, lohnt sich. Wenn Sie es schaffen, präzise Fragen zu stellen, werden Sie der Persönlichkeitsstruktur eines jeden G-Typs gerecht. Präzise Fragestellung bedeutet beispielsweise: „Welche Persönlichkeitsmerkmale sind für diese Position gefordert?“ statt „Bin ich Ihnen nicht gut genug?“

Fallen Sie einem G-Typ nie ins Wort, wenn er gerade anfängt, seine Position zu bestimmten Sachverhalten zu erläutern und zu begründen. Personalverantwortliche mit dieser Persönlichkeitsstruktur mögen Formulierungen, die möglichst unangreifbar sind. Gleichzeitig heißt das, daß sie dazu neigen, umständliche Formulierungen zu wählen. Nehmen Sie diese Eigenart einfach hin, und versuchen Sie nicht, das Gespräch durch Unterbrechungen und Einwürfe zu forcieren. Aus der Sicht des Personalverantwortlichen entsteht dann der Eindruck, daß Sie ihn nicht ernst nehmen in seinen Äußerungen und nicht gewillt sind, ihm zuzuhören.

Eine gute Gesprächsatmosphäre schaffen Sie nur, wenn es Ihnen gelingt, Ihr Bedürfnis nach Aktion und Ihre Tendenz zu spontanen und schnellen Entscheidungen zu zügeln. Lassen Sie dem Gesprächspartner die Möglichkeit, sachlich begründete Ausführungen zu machen – solange er sich dafür bereit zeigt.

Einem G-Typ kommen Sie auch dann entgegen, wenn Sie bewußt Gesprächsabschnitte zusammenfassen und Übereinstimmung herstellen. Eine typische Formulierung für eine solche Maßnahme wäre: „Wenn ich Ihre Äußerungen richtig deute, dann steht in Ihrem Betrieb der Teamgedanke im Vordergrund." Wenn ein paar Bemerkungen in dieser Richtung fallen, werden Sie beim Personalverantwortlichen nur Zustimmung erfahren können.

Genauso wichtig ist es, zum Abschluß eines Bewerbungsgesprächs Übereinstimmungen noch einmal klar und präzise darzustellen, etwa so: „Herr Personalverantwortlicher, kann ich davon ausgehen, daß wir folgendes vereinbart haben: Sie rufen mich am . . . an, dann sage ich Ihnen, ob . . .?"

Fazit für Ihre Gesprächsstrategie:

Geben Sie sich passiver, als Sie es in Wirklichkeit sind. Dies gilt auch für Ihre Mimik und Gestik. Eine ruhige und sachliche Gesprächsführung kommt dem G-Typ am ehesten entgegen.

Wie verhalte ich mich gegenüber einem Personalverantwortlichen mit einer stark ausgeprägten T-Komponente?

Wie Sie wissen, kann der T-Typ aus allen Verhaltensweisen heraus gleich gut agieren und reagieren, d.h., die Verhaltensweisen eines G-, A- oder E-Typs sind ihm nicht fremd, weil die Potentiale dazu in etwa gleichem Ausmaß vorhanden sind. Das bedeutet für Sie, daß Sie sich zunächst einmal um eine Modifikation Ihrer Verhaltensweisen keine Gedanken machen müssen. Verhalten Sie sich so, wie Sie es immer tun, wird Sie der T-Typ akzeptieren, weil er sich in vielen Fällen genauso verhält. Die Schwierigkeit besteht darin, daß der T-Typ in andere Verhaltensweisen umschwenken und die gleiche Frage unterschiedlich stellen kann:

Als G-Typ:
„Welche Zukunftsperspektiven sehen Sie für sich persönlich in unserem Unternehmen?"

Als A-Typ:
„Wann trauen Sie sich zu, in unserem Unternehmen zum Vorstand zu gehören?"

Als T-Typ:
„Haben Sie sich schon einmal Gedanken über Ihre Aufstiegschancen gemacht?"

Als E-Typ:
„Wer war Ihnen denn bisher bei Ihrer beruflichen Entwicklung hilfreich und nützlich?"

Der Inhalt ist bei allen Fragen gleich: Es geht um Ihre persönlichen Vorstellungen, was Sie in Ihrer neuen Position in diesem Unternehmen erreichen wollen. Die Art der einzelnen Fragestellungen zeigt eindeutig, daß Sie unterschiedliche Persönlichkeitstypen vor sich haben. Auf die Frage des A-Typs hätten Sie vermutlich am leichtesten eine Antwort gefunden. Ihrem Naturell entsprechend hätten Sie wahrscheinlich eine präzise Zeitangabe gemacht, oder Sie hätten versucht, durch Gegenfragen den Personalverantwortlichen zu einer Aussage von sich aus zu „zwingen". Daß Sie sich aber mit einem Personalverantwortlichen „auf einer Wellenlänge" fühlen, ist bei einem T-Typ als Gesprächspartner besonders wahrscheinlich.

Der Personalverantwortliche hat auch ein Gespür dafür, wie er Sie am besten anspricht und wie man eine gute Gesprächsatmosphäre schaffen kann. Er wird Sie also im Zweifelsfall so ansprechen, so agieren und reagieren, wie es Ihrer Persönlichkeitsstruktur entspricht.

Bleiben Sie den Verhaltensweisen, die Ihrer A-Komponente entspringen, treu, und versuchen Sie nicht, andere Rollen zu spielen. Lassen Sie sich nicht dadurch verwirren, daß der Personalverantwortliche unterschiedliche Verhaltensweisen präsentiert. Er als T-Typ kann das mit Überzeugung, Sie als A-Typ können das nicht: Also lassen Sie's!

Wie verhalte ich mich gegenüber einem Personalverantwortlichen mit einer stark ausgeprägten E-Komponente?

E-Typen sind daran interessiert, daß ein Bewerbungsgespräch für beide Seiten harmonisch abläuft. Gehen Sie also davon aus, daß kein Personalverantwortlicher mit dieser stark ausgeprägten Komponente versuchen wird, Sie mit Tricks hereinzulegen, Sie bewußt zu verunsichern, Sie mit manipulativen Mitteln zu Aussagen zu bewegen, die Sie für sich selbst nicht vertreten können.

Hauptmerkmal des E-Typs ist seine Gefühlsechtheit. Das hat für Sie den Vorteil, daß Sie während des gesamten Einstellungsgesprächs erkennen können, was sich in der Gefühlswelt des Personalverantwortlichen abspielt. Mimik und Gestik sind in der Regel ein direkter Spiegel dessen, was ein E-Typ gerade fühlt oder denkt. Zeigt er Interesse an Ihrem familiären Umfeld, können Sie davon ausgehen, daß dieses Interesse echt ist, will er wissen, wie Sie sich in den bisherigen Positionen oder auf der Schule gefühlt haben, dann ist das ein Hinweis darauf, daß er nicht nur Fakten von Ihnen wissen will, sondern daß er auch an Ihnen als Persönlichkeit interessiert ist.

Es kann sein, daß sich die Gespräche über eine längere Zeit um Sachverhalte drehen, die scheinbar mit der Bewerbung selbst nichts zu tun haben. Lassen Sie sich als A-Typ nie dazu hinreißen, solche Art von Gesprächen abzukürzen oder gar abzubrechen. Eine Bemerkung wie: „Das gehört aber wirklich nicht hierher" wird jedem stark ausgeprägten E-Typ sauer aufstoßen.

Sie als A-Typ neigen dazu, bei allem, was andere tun, Tricks, Cleverneß und das Streben nach Dominanz zu vermuten. Das ist im Prinzip richtig – gerade dann, wenn es sich um ein entscheidendes Bewerbungsgespräch handelt, aber: Bei einem E-Typ können Sie Ihre Bedenken vergessen. Agieren und reagieren Sie mit dem Maß an Offenheit und Ehrlichkeit, zu dem Sie fähig sind. Schildern Sie auch ruhig Ihre Gefühle, Meinungen und Einstellungen zu den gefragten Dingen, *aber Vorsicht:* Schildern Sie nur, was Sie auch wirklich empfinden. Ein E-Typ hat ein sicheres Gespür dafür, ob Sie wirklich hinter Ihrer Meinung stehen oder ob Sie nur einen guten Eindruck hinterlassen wollen. Merkt er ein einziges Mal, daß Sie versuchen zu manipulieren, Eindruck zu schinden oder sich ungerechtfertigt ins bessere Licht zu setzen, sind Sie für alle Zeiten bei ihm „unten durch“.

Versuchen Sie nicht, das Gespräch zu steuern. Nicht was Sie sich vorgenommen haben, ist wichtig, sondern was der Personalverantwortliche wissen will. Es geht also für Sie in erster Linie darum, daß Sie Ihren Drang nach Aktivität und nach schnellen Entscheidungen – nach „Nägeln mit Köpfen“ – zügeln. Sie haben dann ein gutes Bewerbungsgespräch geführt, wenn der Personalverantwortliche 70 Prozent der Gesprächsanteile auf sich vereinigt und Sie selbst lediglich 30 Prozent tragen.

Hören Sie genau zu, ob vom Gesprächspartner Signale kommen, die sein persönliches Interesse an Ihrer Person dokumentieren, zum Beispiel: „Wie geht es Ihnen gesundheitlich?“ – Gehen Sie auf solche Signale ein, auch wenn Sie sie im Augenblick für unwichtig halten. Ihren Aktionsdrang können Sie nach dem Bewerbungsgespräch immer noch befriedigen.

Der T-Typ: Ratschläge für Ihr Bewerbungsgespräch

Sie können sich glücklich schätzen, daß in Ihrer Persönlichkeitsstruktur alle Potentiale in fast ausgewogenem Maße vorhanden sind. Das versetzt Sie in die Lage, sich auf jede Situation und auf jede Person gut einstellen zu können. Die einzige Gefahr bei Ihnen besteht darin, daß Sie stur an einer einmal eingeschlagenen Strategie festhalten. Das könnte dann passieren, wenn Sie wissen, daß in einem Betrieb ein sehr leistungsorientiertes Denken vorherrscht. Dieses Wissen kann unbewußt dazu führen, daß Sie in Ihren Aktionen und Reaktionen dem A-Anteil in Ihrer Persönlichkeitsstruktur den Vorzug geben – was ja auch nicht falsch wäre, wenn Sie einem Personalverantwortlichen mit einer ebenfalls stark ausgeprägten A-Komponente gegenübersitzen. Das ist aber nicht immer so. Orientieren Sie sich deshalb immer an den Gegebenheiten und nicht an den von Ihnen angenommenen Erwartungen.

Denken Sie daran: Sie haben es nur mit dem Personalverantwortlichen zu tun und nicht mit der Firmenstrategie, der Firmenphilosophie oder dem Image eines Betriebes. Orientieren Sie sich stets an Ihrem Gesprächspartner und nicht an der Institution. Ein „knallharter" Leistungsbetrieb kann sogar einen sehr stark ausgeprägten E-Typ als Personalverantwortlichen haben. Sie müssen dann Ihren E-Anteil aktivieren und sich mehr in menschlichkeitsorientierten Verhaltensmustern beweisen, was Ihnen bei Ihrer ausgewogenen Persönlichkeit nicht schwerfallen dürfte.

Überprüfen Sie, welche Komponente neben Ihrem T-Anteil die am stärksten ausgeprägte ist, und lesen Sie dort noch einmal vorsichtshalber nach. Wann immer Sie Gefahr laufen, sich auf einen Menschen nicht richtig einstellen zu können, wird dafür die zweitstärkste Komponente Ihrer Persönlichkeitsstruktur verantwortlich sein.

Der E-Typ: Ratschläge für Ihr Bewerbungsgespräch

Das markanteste Merkmal für den E-Typ ist seine Gefühlsechtheit. Wenn Sie Freude, Kummer oder Besorgnis empfinden, geben Sie dies Ihrem Gesprächspartner unwillkürlich zu erkennen. Kaum jemals würden Sie einen traurigen Gesichtsausdruck „aufsetzen", um ein persönliches Ziel zu erreichen. Sie wissen, daß Ihnen die Schauspielerei in der Gefühlswelt nicht liegt und daß Sie Ihr Gesprächspartner sehr schnell durchschauen würde.

Ihre Sicherheit in der Beurteilung einer Bewerbungssituation sagt Ihnen, daß es keinen Sinn hat, eine ,,Show abzuziehen", sondern daß es richtiger ist, sich als Person offen und ehrlich zu präsentieren. Ihre Fähigkeit, Sympathie zu wecken, sollten Sie sich nicht damit verbauen, indem Sie versuchen, Rollen zu spielen, die nicht Ihrer Persönlichkeitsstruktur entsprechen.

Nutzen Sie die Möglichkeiten Ihres Handlungspotentials, aber vermeiden Sie:

- Themen, die Sie zu Aussagen in allzu vertraulichen Bereichen zwingen würden,
- einem Personalverantwortlichen Gesprächsstoffe von sich selbst aus anzubieten,
- sich von einer/einem Bekannten kurz vor dem Bewerbungsgespräch zu einer ,,modischen" Veränderung Ihres Aussehens überreden zu lassen,
- übertriebene Begeisterung,
- Versuche, zu einer schnellen Übereinstimmung zu kommen (,,Das meinen Sie doch auch . . . oder?"),
- persönliche Erfahrungswerte zu umfassend darzustellen.
- die Schilderung von Einzelheiten aus Ihrem Bekannten- oder Verwandtenkreis,
- übertriebene Gestik und Mimik, sowie eine allzu ,,blumige" Sprache bei der Schilderung von Sachverhalten.

Diese Liste von Vermeidungsstrategien sagt nicht, daß Sie auf andere grundsätzlich in der beschriebenen negativen Weise wirken. Sie zeigt lediglich die für Ihre Persönlichkeitsstruktur typischen Gefahren auf. Gehen Sie davon aus, daß Sie das Recht haben, Verhaltensweisen als positiv oder negativ zu bewerten. Gehen Sie aber auch davon aus, daß der Personalverantwortliche ebenso das Recht hat, Sie und Ihre Verhaltensweisen aus seiner Sicht zu beurteilen.

Treffen Sie auf einen Personalverantwortlichen, der ebenso viele E-Anteile in seiner Persönlichkeitsstruktur hat wie Sie, können Sie auf ein Bewerbungsgespräch hoffen, das harmonisch verläuft. Personalverantwortliche mit einer anderen Persönlichkeitsstruktur schätzen Sie völlig anders ein. Die nachfolgende Grafik verdeutlicht Ihre Situation.

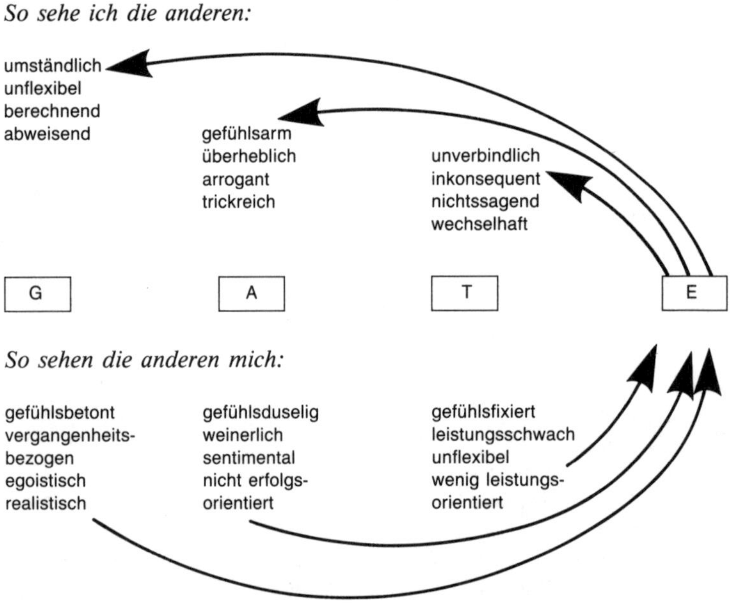

Erschrecken Sie nicht über die in der Grafik verwendeten Begriffe. Mit dieser Realität müssen Sie sich abfinden. Ein stark ausgeprägter A-Typ empfindet Sie als „gefühlsduselig" und nicht als „erfolgsorientiert", wenn Sie bei einem persönlichen Bewerbungsgespräch lieber über sich selbst als über die wirtschaftlichen Perspektiven des Betriebes sprechen.

Für einen G-Typ gelten Sie eben als egoistisch, wenn Sie ein gutes Arbeitsklima für wichtiger halten als ein leistungsorientiertes Denken und Handeln.

Zugegebenermaßen sind die verwendeten Begriffe bewußt gewählte Negativbegriffe, wie sie von Personalverantwortlichen mit völlig divergierender Persönlichkeitsstruktur verwendet würden. Darauf müßten Sie vorbereitet sein, wenn Sie Ihr Ziel beziehungsweise die Anstellung erreichen wollen. Ihr Ziel für das Bewerbungsgespräch ist demnach, negative Wirkungen Ihrer individuellen Persönlichkeitsstruktur so einzuschränken, daß sie Personalentscheidern nicht als negativ bewußt werden. Die Stärken Ihrer Persönlichkeitsstruktur sollten Sie dagegen so gezielt ausspielen, daß sie dem Personalverantwortlichen nicht als Anpassung, sondern als ein „Sich-Einstellen-auf-den-Verhandlungspartner“ vorkommen. Wichtig ist zu erkennen, daß es in keiner Bewerbungssituation darum geht, wie Sie wirklich sind, sondern immer darum, wie Sie auf den Personalverantwortlichen wirken.

Grundsatz: Es geht nicht um Tatsächlichkeiten, sondern immer nur darum, wie Sie auf andere wirken.

Sie sind Mitbewerbern überlegen, wenn es Ihnen gelingt, den Personalverantwortlichen in der Hauptkomponente seiner Persönlichkeitsstruktur zu erkennen und Ihre Verhaltensweisen so zu steuern, daß Sie zumindest jene Verhaltensweisen vermeiden, die der Persönlichkeitsstruktur des jeweiligen Gesprächspartners widersprechen würden. Wenn es Ihnen dann noch gelingt, Ihre Stärken als E-Typ ins Spiel zu bringen – um so besser.

Wie verhalte ich mich gegenüber einem Personalverantwortlichen mit einer stark ausgeprägten G-Komponente?

Da Sie in der Lage sind, gefühlsmäßig unterschiedliche Situationen richtig zu beurteilen, ist es nicht angebracht, Ihnen konkrete Verhaltenstips zu geben, die in jedem Fall erfolgreich wären. Sie müssen sich auf Ihr Gefühl verlassen. Darauf beruht mit Sicherheit Ihr bisheriger Lebenserfolg.

Bei einem stark ausgeprägten G-Typ ist es jedoch ratsam, die Gefühle in den Hintergrund zu stellen. Reagieren Sie im menschlichen Bereich nur auf Signale, die Ihnen der Personalverantwortliche selbst gibt. Geben Sie keine Einzelheiten preis, die er nicht direkt erfragt. Es gibt für einen G-Typ nichts Schlimmeres, als mit Einzelheiten über irgendwelche Krankheitsverläufe behelligt zu werden, wenn er nur nach Ihrem Gesundheitszustand gefragt hat. Apropos Einzelheiten: vermeiden Sie es möglichst, Ihr individuelles Urteil über irrelevante Details abzugeben. Die unmögliche Krawatte des Personalverantwortlichen bei Ihrer letzten Bewerbung interessiert den Personalchef von heute genauso wenig wie Ihre damaligen subjektiven Empfindungen, als man Sie unberechtigterweise für eine Position ablehnte.

Halten Sie Ihre emotionale Bewertung von Sachverhalten im Zaum. Kein G-Typ ist in der Lage nachzuvollziehen, wie es zu einer Entlassung kommen konnte, nur weil die anderen Kollegen nicht in der Lage waren, Ihren fortschrittlichen Gedanken zum Überleben der Firma zu folgen.

Bereiten Sie sich mit unwiderlegbarem Material auf das Bewerbungsgespräch vor, und scheuen Sie nicht davor zurück, konkrete Daten auf den Tisch zu legen. Wenn Sie einem G-Typ sagen, daß Ihre Mathematik-Abschlußnote ein ,,Befriedigend" war, dann ist das für ihn eine konkrete Information. Wenn Sie ihm dann noch sagen können, daß die Durchschnittsnote in Ihrem Abschlußjahr 3,4 war, dann ist das noch besser. Geben Sie dem G-Typ alle Informationen, die er bei Ihnen abruft. Der Gehalt Ihrer Informationen sollte aber, falls nötig, nachprüfbar sein. Mit Äußerungen wie ,,Ich glaube, ich war ganz gut in der Schule" oder: ,,Den Anforderungen fühle ich mich durchaus gewachsen" kann sich ein Personalverantwortlicher mit einer stark ausgeprägten G-Komponente kaum anfreunden.

Stellen Sie präzise, öffnende Fragen:

- ,,Welche Fähigkeiten oder Fertigkeiten sind für diese Position aus Ihrer Sicht besonders wichtig?"
- ,,Mit welchen Schwierigkeiten muß ich in der Einarbeitungsphase rechnen?"

– „Auf welche Dinge legt mein zukünftiger Chef besonders viel Wert?"

Vermeiden Sie saloppe Ausdrücke wie „Ich denke, ich mache das schon", „Das können Sie mir glauben", oder „Da können Sie ganz sicher sein".

Beantworten Sie lediglich die Fragen, die Ihnen auch wirklich gestellt werden. Wenn ein einfaches *Ja* oder *Nein* von Ihnen gefordert ist, hat es keinen Sinn, diese klare Aussage auch noch erläutern zu wollen.

Versuchen Sie nie, einen G-Typ von einer Meinung überzeugen zu wollen. Merkt er das, wird er sehr schnell versuchen, Sie mit den neuesten Fakten, Argumenten und Detailinformationen vom Gegenteil zu überzeugen.

Wenn es das Gespräch zuläßt, sollten Sie von sich aus Zwischenergebnisse festhalten. Es freut jeden Personalverantwortlichen mit einer starken G-Komponente, wenn Sie erkennen, daß sein Gespräch systematisch aufgebaut ist. Mit einer einfachen Bemerkung wie: „Ich sehe, Sie haben sich Notizen gemacht" werden Sie ohne Mühe von ihm erfahren, welche Angaben er für wichtig hält und ob dieser Gesprächsabschnitt aus seiner Sicht beendet ist.

Fazit für Ihr Bewerbungsgespräch:

Halten Sie sich mit Ihren (sicherlich gerechtfertigten) gefühlsmäßigen Äußerungen zurück, und konzentrieren Sie sich bewußt auf eine ruhige und sachliche Ebene der Gesprächsführung.

Wie verhalte ich mich gegenüber einem Personalverantwortlichen mit einer stark ausgeprägten A-Komponente?

Ein kaum gutzumachender Fehler gegenüber Personalverantwortlichen mit einer stark ausgeprägten A-Komponente wäre Ihre Beteuerung, daß ein Betrieb nur dann funktionieren kann, wenn sich Mitarbeiter und Vorgesetzte auch menschlich gut verstehen.

Aus der Beschreibung der A-Komponente geht deutlich hervor, daß der A-Typ eher leistungs- als menschlichkeitsbezogen agiert und reagiert. Sie werden also immer dann auf größeres Unverständnis stoßen, wenn Sie in einem Bewerbungsgespräch Dinge wie Betriebsklima, Altersversorgung, Fürsorge, Rechte von älteren Mitarbeitern, außerbetriebliche Aktivitäten, Feste, Firmenjubiläen und ähnliches zu sehr in den Vordergrund spielen. Das heißt nicht, daß es sich nicht lohnen würde, solche Themen irgendwann einmal aktiv in Angriff zu nehmen. Während eines Einstellungsgesprächs sind sie jedoch bei einem A-Typ völlig fehl am Platze.

Wundern Sie sich auch nicht, wenn Ihnen der A-Typ ein wenig zu direkt und kurz angebunden vorkommt. Diese Verhaltensweisen entsprechen seiner Persönlichkeitsstruktur.

Um sich richtig auf einen Personalverantwortlichen mit einer stark ausgeprägten A-Komponente einzustellen, sollten Sie versuchen, sich als Verhandlungspartner zu präsentieren. Da sich der A-Typ in der Regel als Macher empfindet, scheint das leichter gesagt als getan. Es gibt jedoch ein probates Mittel, dem A-Typ das Gefühl zu erhalten, er selbst würde das Gespräch führen: *Fragen.*

Steuern Sie das Bewerbungsgespräch durch Fragen!

Als E-Typ fällt es Ihnen schwer, von sich aus zu agieren. Die Beantwortung einer Frage nach Ihrem liebsten Hobby könnte ein ganzes Bewerbungsgespräch ausfüllen, dennoch: Machen Sie den Versuch zurückzufragen. Zum Beispiel so: ,,Meinen Sie mit Ihrer Frage meine künstlerischen oder eher meine sportlichen Hobbys?"

Mit dieser Methode werden Sie vom A-Typ schnelle und präzise Antworten bekommen. Achten Sie darauf, wann der A-Typ mit seiner Mimik und Gestik umständliche oder zu langatmige Äußerungen signalisiert. Typische Signale sind oftmaliges Kopfnicken, unkonzentriert eingestreute Ja-Ja-Bezeugungen, Blättern in den Unterlagen und das Ins-Wort-Fallen nach dem Motto: ,,So, jetzt einmal was ganz anderes . . ."

Lassen Sie Vermutungen und Meinungen aus dem Spiel. Es ist zwar erwiesen, daß Sie als E-Typ ein untrügliches Gespür für Personen und Situationen haben, es ist aber auch erwiesen, daß Personalverantwortliche mit einer starken A-Komponente darauf überhaupt keinen Wert legen. Ihnen ist es völlig egal, ob Sie eine zukünftige Chefin für sympathisch oder unsympathisch halten, ob Sie die Atmosphäre beim Firmenrundgang frostig empfunden oder ob Sie persönlich Zweifel haben, einem bestimmten Qualifikationsanspruch zu genügen.

Versuchen Sie, Fragen so knapp und präzise wie möglich zu beantworten. Wenn etwa die Frage nach Ihrer Qualifikation für die zu besetzende Position kommt, dann sagen Sie einfach *„ja"*. Wenn Ihnen die Entlohnung zu niedrig vorkommt, dann sagen Sie einfach *„nein"*. Stellen Sie Ihr Erklärungsbedürfnis so lange zurück, bis Sie nach Gründen gefragt werden. Und dann: Siehe oben, fragen Sie zurück!

Das Wichtigste für Sie im Umgang mit A-Typen ist, daß Sie nicht zuviel von Ihren Emotionen preisgeben. Betrachten Sie ein Bewerbungsgespräch mit einem A-Typ als sportliche Herausforderung, bei der nur das Ergebnis zählt – nicht, wie Sie sich bei Erfolg oder Mißerfolg gefühlt haben.

Ein kleiner Trost für Sie: Sie können alle Ihre Vorstellungen vom reibungslosen Zusammenspiel zwischen Leistungsanspruch und Menschlichkeit im Berufsleben dann verwirklichen, wenn Sie das Bewerbungsgespräch erfolgreich bestanden haben.

Wie verhalte ich mich gegenüber einem Personalverantwortlichen mit einer stark ausgeprägten T-Komponente?

Der T-Typ ist in der Lage, aus allen hier beschriebenen Verhaltensmustern heraus zu agieren und zu reagieren. Seine G-, A- und E-Komponente ist in etwa gleichermaßen stark ausgeprägt. Der Personalverantwortliche mit einer T-typischen Persönlichkeitsstruktur ist also in der Lage, sich mühelos auf jeden anderen Typ einzustellen. Das heißt für Sie, daß Sie Ihre Verhaltensweisen zunächst nicht modifizieren sollten. Verhalten Sie sich so, wie Sie sind, und Sie werden feststellen, daß der Personalverantwortliche „auf Ihre Linie" einschwenkt.

Gehen Sie weiter davon aus, daß Ihr Gesprächspartner in der Regel an einem positiven Gesprächsverlauf interessiert ist. Er wird Sie also hinsichtlich Ihrer Persönlichkeitsstruktur akzeptieren und Verhaltensmuster zeigen, die denen des E-Typs entsprechen. Die Wahrscheinlichkeit ist also groß, daß der Personalverantwortliche ein Gespräch auf der E-Ebene sucht, zumal Sie sich dann auf einer Wellenlänge befänden und die Kommunikation relativ problemlos verlaufen kann.

Dennoch ist Vorsicht geboten: Der Personalverantwortliche mit einer stark ausgeprägten T-Komponente besitzt die Fähigkeit, sehr schnell aus einem anderen Verhaltensrepertoire zu agieren. Die erwartete Fage „Könnten Sie dieses Gehalt für Ihre Tätigkeit akzeptieren?" könnte dann unvermittelt umschlagen in: „Wo nehmen Sie bei Ihrer Qualifikation die Berechtigung für eine solche Forderung her?" In diesem Fall ist der Personalverantwortliche ohne Übergang in das Verhalten eines A-Typs „gesprungen".

Sie müssen darauf gefaßt sein, daß manche Personalverantwortliche bewußt solche Sprünge machen, um Ihre Reaktionsfähigkeit auf veränderte Situationen zu testen. Gerade die T-Typen sind für diese Art von „Spielchen" am besten geeignet, weil sie die ganze Bandbreite unterschiedlicher Verhaltenspotentiale zur Verfügung haben.

Lassen Sie sich als E-Typ durch Verhaltenssprünge der geschilderten Art nicht verwirren, und lassen Sie sich nicht zu Verhaltensweisen hinreißen, die Ihrer Persönlichkeitsstruktur nicht entsprechen. Im vorgenannten Beispiel würde das bedeuten:

„Tut mir leid, ich verstehe Ihre Frage nicht" statt:

„Sie haben wohl meine schriftlichen Unterlagen nicht gelesen."

Mit der ersten Reaktion geben Sie das Signal, wieder auf der E-Ebene verhandeln zu wollen, was der T-Typ ja auch kann. Bei der zweiten Reaktion begeben Sie sich auf die A-Ebene, bei der Sie als E-Typ eindeutig im Nachteil sind.

Fazit für Ihr Bewerbungsgespräch:

Bleiben Sie einem T-Typ gegenüber so, wie Sie sind, verstellen Sie sich nicht; versuchen Sie nicht, andere Rollen zu spielen, bleiben Sie sich selbst treu.

10. Ihre Bewährungsprobe: Wie beurteilen Sie den Fall Bergmann?*

Im folgenden schildere ich Ihnen eine – fast authentische – Geschichte, die sich um die Person des Bewerbers Bergmann dreht. Hugo Bergmann war als Bewerber für die Position eines ,,Schichtdienstleiters mit EDV-Erfahrung'' in die engere Wahl gekommen. Er kam als letzter der zum Bewerbungsgespräch geladenen Kandidaten aus dem Gespräch mit dem Personalverantwortlichen. Der Personalverantwortliche, Max Weber, hatte sich innerlich schon für Bergmann entschieden, weil sowohl die schriftlichen Unterlagen als auch sein Verhalten beim persönlichen Bewerbungsgespräch für ihn und gegen die Mitbewerber sprachen. Einige der Verhaltensweisen, die Bergmann bei den persönlichen Kontakten offenbarte, machten Weber allerdings etwas stutzig – aber dazu später.

* Bei dieser Darstellung handelt es sich um eine nahezu authentische Geschichte. Sie beruht auf Tatsachen, wurde aber so modifiziert, daß sich keine Person wiedererkennen würde. Sie können also davon ausgehen, daß es sich beim Fall Bergmann um Äußerungen handelt, die wirklich gefallen sind.

Folgende Personen sind am Fall Bergmann beteiligt:

Weber, Max, 44 Jahre alt, verheiratet, keine Kinder, Personalchef eines metallverarbeitenden Betriebes mit ca. 2500 Mitarbeitern. Seine Hobbys haben alle mit Wasser zu tun: Segeln, Angeln und die Aufzucht von Zierfischen.

Klar, Heinrich, 54 Jahre alt, verheiratet, zwei erwachsene Söhne, geschäftsführender Direktor des Betriebs, Sohn des ehemaligen Inhabers. In seiner Freizeit spielt er gern Tennis, wenn ihm seine politischen Ambitionen dazu Zeit lassen.

Hennig, Elfriede, 35 Jahre, verheiratet, eine Tochter im Vorschulalter, zuständig für Marketing-Fragen und Öffentlichkeitsarbeit. Frau Hennig kennt sich in fast allen Computersprachen aus – Kenntnisse, die sie sich in ihrer Freizeit angeeignet hat.

Saalbach, Kurt, 59 Jahre alt, geschieden, Arbeitnehmervertreter (als Betriebsratsvorsitzender) und Gewerkschaftsfunktionär. Er sammelt Dokumente und Bücher aus den Anfängen der Arbeiterbewegung. Ansonsten probiert er gerne neue Kochrezepte für sich selbst aus.

Daum, Henrike, 28 Jahre, ledig, Chefsekretärin von Herrn Klar, ist über sämtliche Aktivitäten der Geschäftsleitung informiert. Über ihre Hobbys weiß man wenig, weil sie im Betrieb wenig über ihr Privatleben spricht.

Peters, Heinz, 52 Jahre alt, verheiratet, seit einigen Wochen Vater von Zwillingen, Prokurist des Betriebs, stellvertretender Direktor, hat mit Klar zusammen studiert. Seine Freizeitliebe gehört dem Motorsport.

Laager, Hans, 39 Jahre alt, verheiratet, eine Tochter im schulpflichtigen Alter, Hauptabteilungsleiter für den Außendienst und verantwortlich für Messebesuche. Seine Freizeit, die knapp bemessen ist, verbringt Laager vorwiegend im Kreis seiner Familie.

Ausgangslage

Im Fall des Bewerbers Bergmann ist noch nichts entschieden. Mit einer vorschnellen Entscheidung will sich Max Weber, der Personalverantwortliche, nicht selbst unter Druck setzen und hat beschlossen, in den nächsten Tagen die gesammelten Unterlagen noch einmal genau zu studieren.

Bergmann ist für ihn der Favorit. Das einzige, was Weber an Bergmann stört, war seine Verschlossenheit gegenüber den Fragen zu seinem Privatleben. Weber konnte zwar herausfinden, daß sich Bergmann gerne sportlich betätigt, die Frage nach den Gründen für die eine und gegen die andere Sportart blieb aber genauso unbeantwortet wie andere Fragen, die den privaten Hugo Bergmann betrafen. So weiß Weber bis heute nicht, nach welchen Kriterien Bergmann seinen Freundeskreis auswählt, zu welcher politischen Richtung er tendiert, wie er seine Karriereziele beurteilt usw. Weber erhebt diese Zurückhaltung zwar nicht zum entscheidenden Kriterium, aber dennoch stört sie ihn.

Ihre Aufgabe

Im folgenden sind unterschiedliche Situationen mit den Ihnen bereits vorgestellten Personen beschrieben. Sie haben die Aufgabe, alle Verhaltensweisen und Wortmeldungen zu analysieren und die handelnden Personen entsprechend ihrer Persönlichkeitsstruktur als G-, A-, E- oder T-Typ zu identifizieren. Wo Sie auf der rechten Seite ein Kästchen vorfinden, sind Sie gefordert, eine Entscheidung auf der Basis des G.A.T.E.-Modells zu treffen. Verwenden Sie für Ihre Analyse also auch die Buchstaben G, A und E. Der T-Typ ergibt sich – wie Sie wissen – aus der Tatsache, daß diese Personen gleichermaßen aus den G-, A- oder E-Komponenten heraus agieren können. Verwenden Sie also den Buchstaben „T“ bei Ihrer Einzelanalyse nicht. Bei der Zusammenstellung der Einzelergebnisse wird es sich dann herausstellen, ob es sich um einen T-Typ handelt oder nicht. Es ist sinnvoll, vor der Analyse noch einmal die Beschreibung der unterschiedlichen Verhaltenstypen zu lesen.

Der Fall Bergmann

Es ist Montagmorgen. *Klar* und *Weber* treffen sich vor dem Aufzug.

Klar: „Guten Morgen, Herr Weber." *Weber:* „Guten Morgen, Herr Klar."	
Klar: „Na, das klingt ja nicht so optimistisch. Hatten Sie Ärger am Wochenende, oder macht Ihnen die Entscheidung für unseren neuen Schichtdienstleiter zu schaffen?"	1. ☐
Weber: „Nein, nein – weder noch." *Klar:* „Das freut mich für Sie. Ich wünsche noch einen erfolgreichen Tag."	
Weber: „Ja, danke – aber irgendwie haben Sie doch recht, Herr Klar. Diese drei Bewerber, die Sie ja auch gesehen haben, sind mir am Wochenende schon öfter durch den Kopf gegangen. Besonders der Bergmann, weil ich bei dem noch nicht richtig weiß, was ich von ihm halten soll."	2. ☐
Klar: „Aber der hat doch wie die anderen beiden Bewerber ganz gute Unterlagen gebracht, wenn ich mich richtig erinnere . . ."	
Weber: „Ja, das stimmt. Aber irgendwie habe ich das Gefühl, daß mit dem Bergmann im privaten Bereich etwas nicht stimmt. Sie wissen ja, daß mich mein Gefühl selten im Stich läßt."	3. ☐
Klar: „Weiß ich, lieber Herr Weber, deshalb sind Sie ja auch Personalchef in meinem Haus. Sie machen das schon, ich habe vollstes Vertrauen zu Ihnen. Schönen Tag noch."	4. ☐
Weber: „Danke, Ihnen auch."	

Ein etwas ratloser Weber verläßt den Fahrstuhl und steuert direkt das Büro von Heinz Peters, dem Prokuristen des Betriebes, an. Er hat vor, ihn über den Verlauf der Bewerbungsgespräche zu informieren. Peters war in der vorhergehenden Woche in Urlaub und hatte deshalb an den Bewerbungsgesprächen nicht teilnehmen können. Die beiden treffen sich im Büro von Peters. Nach ein paar Begrüßungsformeln entwickelt sich folgendes Gespräch:

Weber: „Unsere drei Kandidaten habe ich also unter die Lupe genommen, und ich muß Ihnen sagen, der Bergmann macht auf mich den besten Eindruck."	
Peters: „Lassen Sie mir bitte etwas Zeit, das nachzuvollziehen, was in meiner Abwesenheit hier vorging. Im Augenblick bin ich noch nicht in der Lage, eine ausgewogene Meinung zu dem einen oder anderen Bewerber abzugeben."	5. ☐
Weber: „Macht nichts, hat ja noch Zeit."	
Peters: „Schicken Sie mir doch bis heute mittag die Unterlagen und Ihre persönlichen Notizen rauf. Ich mache mir dann ein Bild und sage Ihnen bis 16 Uhr Bescheid."	6. ☐
Weber: „Ja, gut, Herr Peters."	
Peters: „Jetzt mal was ganz anderes. Sie haben noch nie Kinder im Haus gehabt, weiß ich. Meine Zwillinge, sage ich Ihnen, einfach Spitze. Einer von denen will mit mir überhaupt nichts zu tun haben, als wäre ich nicht sein Vater."	7. ☐
Weber: „Also da fehlen mir die Kenntnisse. Es freut mich aber, wenn Sie sich als Familienvater so wohl fühlen. Hat Ihre Frau alles gut überstanden?"	8. ☐
Peters: „Überhaupt kein Problem. Ich habe da so eine verschollene Tante ausgegraben. Die geht uns prima zur Hand. Und wenn irgend was sein sollte, bin ich ja auch noch da."	9. ☐

Das restliche Gespräch plätschert so dahin. Herr Weber begibt sich in sein Büro, führt einige Telefonate und geht dann hinüber zu Frau Daum.

Weber: „Frau Daum, ich möchte Sie bitten, den Bewerbern, die nicht in die engere Wahl gekommen sind, abzusagen. Herr Klar meint, daß wir das nicht persönlich, sondern durch ein Standardschreiben machen sollen. Ich bin mir da nicht ganz sicher, wie denken Sie darüber?" 10. ☐

Daum: „Ich habe mit dem Chef schon darüber gesprochen. Meiner Meinung nach hat er völlig recht, wenn er nur den drei Bewerbern in der engsten Wahl – pardon, den beiden, die übrigbleiben – persönlich abschreiben will. Bei den anderen 14 würde das wohl zuviel Arbeit machen." 11. ☐

Weber: „Frau Daum, Sie sagen doch auch, daß es nicht ganz fair ist, Leuten, die sich ernsthaft beworben haben, eine vorgefertigte Formulierung in der Absage vorzusetzen. Wie können wir denn denen eine Motivation für die Zukunft geben?" 12. ☐

Daum: „Ich mache Ihnen folgenden Vorschlag: Wir sprechen beide noch einmal mit Herrn Klar. Ich selbst werde versuchen, über Herrn Peters noch einmal Einfluß zu nehmen, und dann dürfte das mit den Absagen kein Problem sein." 5. ☐

Herr Weber bleibt noch eine Weile im Büro von Henrike Daum, weil die nächste Anzeigenkampagne für einen Mitarbeiter im Außendienst gestartet werden muß. Als Max Weber anfängt, über seine Angeltour am Wochenende zu sprechen, wimmelt ihn Frau Daum höflich, aber bestimmt ab. Weber merkt das sofort.

Weber: „Frau Daum, es ist schön, daß Sie mir so lange zugehört haben. Ich will Ihnen jetzt auch nicht mehr Ihre Zeit stehlen. Über die Absagen sind wir uns ja klar. Über das, was mit unseren drei Favoriten geschieht, sage ich Ihnen noch Bescheid." 14. ☐

Weber verläßt das Büro von Henrike Daum und begegnet auf dem Flur der für Marketing-Fragen zuständigen Elfriede Hennig und dem Arbeitnehmervertreter Saalbach. Da es sich mit Herrn Saalbach über die Neueinstellung schon intensiv genug unterhalten hat, beläßt er es bei einem Grußwort.

Hennig: „Ich habe jetzt einmal eine Frage an Sie, Herr Saalbach. Haben Sie eine Begründung dafür, daß der Herr Weber in letzter Zeit so kurz angebunden ist? Ich jedenfalls nicht."	15. ☐
Saalbach: „Ich denke, daß sich Herr Weber sehr viele Gedanken um den neuen Schichtdienstleiter macht. Wir haben jedenfalls eine Reihe von Gesprächen geführt, bei denen er sehr aufgeschlossen und kooperativ war. Was sonst noch mit ihm sein könnte, weiß ich nicht."	16. ☐
Hennig: „Es kann natürlich sein, daß er gerade bei Klar Schwierigkeiten hatte, seinen Kandidaten durchzusetzen. Oder – das weiß man ja nicht – Weber ist nicht in der Lage, anderen gegenüber seine Unsicherheiten preiszugeben. Vielleicht hätte er aber auch seinen geplanten Urlaub antreten sollen."	17. ☐
Saalbach: „Das sind doch alles Vermutungen, davon halte ich überhaupt nichts!"	18. ☐
Hennig: „Auch Vermutungen verdienen es nicht, einfach so abgetan zu werden. Es kann doch wohl nicht sein, daß Sie sich um die Existenz des Herrn Weber ernsthaft Sorgen machen – oder vielleicht doch?"	19. ☐
Saalbach: „Liebe Frau Kollegin, fassen Sie doch bitte meine Bemerkung nicht als persönlichen Angriff auf. Ich wollte doch lediglich davor warnen, daß man dem Weber etwas in die Schuhe schiebt, was er nicht verdient hat. Schließlich macht er seinen Job ja schon so lange mit Erfolg."	20. ☐

In diesem Augenblick kommt Hans Laager mit seinem typisch dynamischen Schritt auf Elfriede Hennig und Kurt Saalbach zu.

Laager: „Tag, ich freue mich, Sie beide wieder einmal zu sehen. Ich muß Ihnen erzählen, was mir bei der Messe passiert ist. Da war also auch dieser Dr. Sowieso, der hat es doch tatsächlich fertiggebracht, im ersten Haus am Platz einen Tisch für alle zu bestellen. Wir sind natürlich hin, aber dann. Dann hat er . . .“	21. ☐
Hennig: „Nun mal langsam, lieber Herr Laager. Wie ist denn meine neue Marketing-Konzeption angekommen?“	22. ☐
Laager: „Das muß ich Ihnen erzählen. Zuerst haben die alle gedacht, ich nehme sie auf den Arm. Vor allem die neuen Vertriebswege haben eingeschlagen wie eine Bombe. Die konnten sich erst gar nicht vorstellen, wie das funktionieren könnte. Dann habe ich jedem einzelnen von den Interessenten persönlichen Nachhilfeunterricht gegeben. Da sind wir uns dann schnell einig geworden.“	23. ☐
Hennig: „Freut mich zu hören. Wie Sie wissen, gab es da ja im Vorfeld einige Diskussionen über die Machbarkeit der Maßnahmen. Daß die Marketing-Konzeption jetzt offensichtlich akzeptiert wird, freut mich für unsere Projektgruppe.“	24. ☐
Laager: „Die gute Vorarbeit hin oder her – verkaufen mußte ich schließlich selber.“	25. ☐
Hennig: „Das wollen wir doch nicht weiter vertiefen, lieber Herr Laager. Im Vordergrund steht schließlich immer die Sache – und nicht die Person. Wünsche noch einen effektiven Arbeitstag. Ihren Bericht bekomme ich ja sicher auch, Herr Laager.“	26. ☐

Elfriede Hennig winkt noch einmal freundlich und verabschiedet sich von den Herren Laager und Saalbach. Sie weiß, daß ihr keine Informationen entgehen, weil für den morgigen Tag eine Konferenz anberaumt ist, in der Hans Laager über seine Messe-Erfahrungen berichten soll.

Saalbach: „Sagen Sie mal, das kann man doch nicht machen. Da unterhält sich die Frau Hennig die ganze Zeit mit Ihnen, und nach dem neuen Schichtdienstleiter kräht offensichtlich kein Hahn. Die müßte doch eigentlich mit den Problemen, die ich in letzter Zeit hatte, vertraut sein."	27. ☐
Laager: „Nehmen Sie's nicht so tragisch, Herr Saalbach. Frau Hennig hat es auch nicht so leicht. Sie hat immerhin die ganze Marketing-Abteilung auf Computer umgestellt und muß sich jetzt natürlich gegenüber dem Chef und dann auch noch gegenüber Peters verteidigen."	28. ☐
Saalbach: „Ich verstehe das ja, aber deshalb muß man ja nicht alle Mitarbeiter links liegenlassen. Computer hin – Computer her. Ich will endlich einmal in diesem Laden meine Ideen verwirklicht sehen. Ich sage nur: Bergmann!"	29. ☐
Laager: „Lassen Sie doch mal die Sache mit dem Bergmann. Da ist doch überhaupt noch nichts entschieden. Jetzt einmal was ganz anderes: Kommen Sie heute abend mit zum Kegeln? Ich habe da eine ganz neue Mannschaft aufgetan – ein paar Leute von der Messe sind auch dabei."	30. ☐
Saalbach: „Nein danke. Wenn ich mitkäme, könnte ich bestimmt auf andere Gedanken kommen. Aber auf der anderen Seite möchte ich noch die Unterlagen zusammenstellen, die die Entscheidung im Fall Bergmann leichter machen."	31. ☐
Laager: „Immer dieser Fall Bergmann. Es gibt doch auch noch andere Dinge, die das Leben lebenswert machen. Ich muß jetzt erst einmal meine Frau anrufen und mich zurückmelden."	32. ☐

Die Herren Laager und Saalbach verabreden sich auf einen späteren Zeitpunkt. Saalbach hat vor, noch einmal zu Frau Daum, der

Chefsekretärin, zu gehen, um den Termin für die Entscheidung „Bergmann" abzustimmen.

Saalbach: „Grüß Gott, Frau Daum, ich hoffe, Sie haben nicht zu lange auf mich gewartet."	
Daum: „Nein, wir hatten uns ja auch lediglich für den Vormittag verabredet. Jetzt ist es 11 Uhr 45 – also noch Vormittag. Ich nehme an, daß Sie wegen Herrn Bergmann kommen. Da kann ich Ihnen einen Termin mit den Herren Klar und Peters um 16 Uhr geben. Paßt das in Ihre Planung?"	33. ☐
Saalbach: „Schön, also bis 16 Uhr."	

In diesem Augenblick kommt Heinrich Klar aus seinem Büro und begrüßt Herrn Saalbach.

Klar: „Na Saalbach, altes Haus. Immer noch nicht zu Rande gekommen mit dem Bergmann?"	34. ☐
Daum: „Herr Klar, Sie wissen doch selbst, daß sich Herr Saalbach die größte Mühe gibt, den für uns besten Mitarbeiter zu finden. Ich habe für Sie und Herrn Saalbach eine Konferenz um 16 Uhr anberaumt. Ist Ihnen das recht?"	35. ☐
Klar: „Prima, dann kann ich ja vorher noch die Bankmenschen verhackstücken. Sagen Sie mir nur vorher Bescheid, Däumchen, ja?"	36. ☐
Daum: „Mache ich. Herr Saalbach, bitte gehen Sie jetzt. Ich habe noch einiges vorzubereiten."	37. ☐

Saalbach verabschiedet sich höflich, zumal er jetzt genau weiß, wann er seine Entscheidung im Fall Bergmann vertreten muß. Hinzu kommt, daß Heinz Peters in diesem Augenblick den Büroraum von Frau Daum betritt. Peters, der Prokurist, wendet sich sofort an Klar.

Peters: „Ich hab' doch eben den Saalbach hier gesehen. Hat der sich nun endlich für den Bergmann entschieden oder nicht? Wozu haben wir denn einen Arbeitnehmervertreter, wenn der uns nicht ein paar Vorschläge für die Personalentscheidung macht?"	38. ☐
Klar: „Gemach, gemach, Herr Saalbach macht sich die Entscheidung eben nicht leicht. Man muß ja immerhin bedenken, daß die Entscheidung beim Weber liegt – und er hat noch nichts von sich gegeben. Seien wir also friedlich und warten wir den heutigen Nachmittag ab. Frau Daum war so freundlich und hat schon alles geregelt."	39. ☐
Peters: „Ich will aber nicht friedlich sein. Die Sache Bergmann dauert mir jetzt schon zu lange. Ich muß doch schließlich mit dem Mann arbeiten. Deswegen bin ich für sofort oder gar nicht."	40. ☐
Klar: „Mensch, Peters, laß uns doch einmal ruhigen Kopf bewahren. Die Sache mit dem Bergmann ist doch von Weber gut vorbereitet, der hat seine Informationen, die er heute vorbringen wird. Mit dem Saalbach habe ich auch schon geredet – der legt uns auch keine Steine in den Weg. Also: Lassen wir die Dinge auf uns zukommen."	41. ☐
Daum: „Ich denke, der Herr Klar hat recht. Wir müssen die Angelegenheit Bergmann ja nicht überstürzen. Alle Informationen, die wir benötigen, erhalten wir heute nachmittag um 16 Uhr von Herrn Weber und Herrn Saalbach."	42. ☐

Damit ist der Fall Bergmann beendet. Hugo Bergmann ist trotz Webers Bedenken mit der Zustimmung aller Beteiligten eingestellt worden und ist in seiner Position als Schichtmeister sehr erfolgreich.

11. Auswertung des Falles Bergmann

Sie haben die 42 Äußerungen, die von den verschiedenen Personen im Fall Bergmann gemacht wurden, bewertet und klassifiziert. Damit die Ergebnisse Ihrer Analyse übersichtlicher ausgewertet werden können, möchte ich Sie bitten, das Analyseergebnis in das Schema unten zu übertragen. Die laufenden Nummern der Analyseeinheiten finden Sie jeweils in der linken oberen Ecke.

Beispiel:

Wenn Sie die erste Bemerkung von Max Weber als Aussage klassifiziert haben, die dem E-Bereich seiner Persönlichkeitsstruktur entspricht, dann sollten Sie Ihre Entscheidung so in die Matrix übertragen:

Weber	2 / E	3	8	. . .
Klar	1	4	. . .	
. . .				

Sie sehen, daß wir die einzelnen Äußerungen bereits den handelnden Personen zugeordnet haben. Weber äußert sich mit den wörtlichen Formulierungen 2, 3, 8 usw. Klar hat die laufenden Nummern 1, 4, usw.

Sie müßten also bei der Übertragung Ihrer Ergebnisse die jeweilige Person identifizieren und Ihr Ergebnis entsprechend der laufenden Nummer übertragen. Damit haben Sie dann jeweils sechs Äußerungen zu den handelnden sieben Personen in das Schema zu übertragen.

Sollten Sie im nachhinein eine Ihrer Entscheidungen für fragwürdig halten, dann haben Sie jetzt noch einmal die Möglichkeit, Ihre Entscheidung zu revidieren. Denken Sie daran: Es geht beim

Fall Bergmann lediglich um Ihre Fähigkeit, Hauptkomponenten der unterschiedlichen Persönlichkeitsstrukturen zu erkennen.

Übertragen Sie Ihre Ergebnisse in das unten vorgegebene Schema:

Personen	Anzahl der Äußerungen 1.	2.	3.	4.	5.	6.	Bestimmung der Hauptkomponente
1. Weber	2	3	8	10	12	14	
2. Klar	1	4	34	36	39	41	
3. Hennig	15	17	19	22	24	26	
4. Saalbach	16	18	20	27	29	31	
5. Daum	11	13	33	35	37	42	
6. Peters	5	6	7	9	38	40	
7. Laager	21	23	25	28	30	32	

Entscheiden Sie nun nach dem G.A.T.E.-Modell, nach welchen Hauptkomponenten die beteiligten Personen im Fall Bergmann agieren und reagieren. Überprüfen Sie die Art der gezeigten Reaktionen, und entscheiden Sie dann, ob es sich um einen G-, A-, E- oder T-Typ handelt.

Auf der nächsten Seite finden Sie dann die Lösung.

Lösungsschlüssel für den Fall Bergmann

Überprüfen Sie jetzt anhand des Lösungsschlüssels, wie viele der vorgegebenen 42 Äußerungen Sie selbst als richtig identifiziert haben. Die Anzahl der richtigen Klassifizierungen wird Ihnen einen Anhaltspunkt dafür liefern, inwieweit Sie in der Lage sind, Persönlichkeitsstrukturen als Hauptkomponente zu identifizieren.

Es empfiehlt sich, alle Ihre richtigen Entscheidungen auf der Vorseite (oder auf einem gesonderten Blatt) zu markieren.

Personen	Anzahl der Äußerungen 1.	2.	3.	4.	5.	6.	Bestimmung der Hauptkomponente
1. Weber	2 E	3 E	8 E	10 G	12 E	14 A	E-Typ
2. Klar	1 A	4 A	34 A	36 A	39 E	41 G	A-Typ
3. Hennig	15 G	17 G	19 G	22 A	24 G	26 G	G-Typ
4. Saalbach	16 G	18 A	20 E	27 E	29 A	31 G	T-Typ
5. Daum	11 G	13 G	33 G	35 G	37 A	42 G	G-Typ
6. Peters	5 G	6 A	7 A	9 A	38 A	40 A	A-Typ
7. Laager	21 E	23 E	25 A	28 E	30 E	32 E	E-Typ

Bewertung der Ergebnisse

Stellen Sie zunächst einmal fest, wie viele der sieben Personen Sie hinsichtlich der Hauptkomponente ihrer Persönlichkeitsstruktur richtig erkannt haben. Sind es vier und mehr Personen, die Sie aufgrund ihrer Äußerungen richtig erkannt haben, dann beglückwünsche ich Sie. Sie haben offensichtlich schon ein Gespür dafür entwickelt, daß Personen unter normalen Umständen gewöhnlich aus ihrer Hauptkomponente heraus agieren und reagieren.

Untersuchen wir die Person Weber einmal etwas genauer. Weber ist ein eindeutiger E-Typ, der bei vier von sechs Gelegenheiten aus dem E-Bereich heraus reagiert. Natürlich hat Weber auch in anderen Bereichen Potentiale, die sich einmal in einer G- und einmal in einer A-Äußerung zeigen. Dennoch ist Weber in seiner Hauptkomponente ein E-Typ.

Für Sie bedeutet das: Wenn Sie auf einen Personalverantwortlichen wie Max Weber treffen, sollten Sie ihn wie einen E-Typ behandeln – vorausgesetzt, Sie haben ihn als einen solchen erkannt.

In den seltensten Fällen werden Sie als Bewerber auf eine Persönlichkeitsstruktur treffen, die „rein" ist, bei der Sie davon ausgehen können, daß sie immer und in jeder Situation aus dem gleichen Persönlichkeitspotential heraus agiert. Deshalb kommen bei den anderen Personen einige Äußerungen vor, die nicht der Hauptkomponente ihrer Persönlichkeitsstruktur entsprechen.

Sollten Sie weniger als vier Personen richtig erkannt haben, so ist das kein Beinbruch. Sie haben dann offensichtlich bestimmte Aussagen überbewertet. Wenn Sie beispielsweise die erste Aussage von Heinz Peters zum Anlaß genommen haben, ihn – zu dem Zeitpunkt richtigerweise – als G-Typ zu klassifizieren, dann werden Sie durch die Analyse der nachfolgenden fünf Äußerungen zu dem zwingenden Schluß kommen, daß es sich hier eindeutig um einen A-Typ handelt. Es kann also sein, daß Sie sich bei der Analyse der ersten Aussage innerlich schon so auf einen G-Typ „Peters" eingestellt haben, daß die Beurteilung von Herrn Peters nachfolgenden Äußerungen davon beeinflußt wurden. In einem solchen Fall empfehle ich Ihnen, die sechs Äußerungen der jeweiligen Person zusammengefaßt zu analysieren. Sie werden dann feststellen, daß alle Personen charakteristische Aussagen machen.

Beispiel:

Die Gegenüberstellung der drei letzten Aussagen von Hans Laager (E-Typ) und Heinz Peters (A-Typ) macht deutlich, wie stark sich die unterschiedlichen Persönlichkeitsstrukturen sogar in einzelnen Bemerkungen ausdrücken. Laager und Peters haben in der Schilderung des Falles Bergmann keinen Kontakt miteinander gehabt, so daß sich inhaltlich keine Rückschlüsse ziehen lassen, warum diese Personen so handeln, wie sie handeln.

Laager	*Peters*
Aussage 28: „Nehmen Sie's nicht so tragisch, Herr Saalbach, Frau Henning hat es auch nicht so leicht. Sie hat immerhin die ganze Marketing-Abteilung auf Computer umgestellt und muß sich jetzt natürlich gegenüber dem Chef und dann auch noch gegenüber Peters verteidigen."	Aussage 9: „Überhaupt kein Problem. Ich habe da so eine verschollene Tante ausgegraben. Die geht uns prima zur Hand. Und wenn irgend was sein sollte, bin ich ja auch noch da."
Aussage 30: „Lassen Sie doch mal die Sache mit dem Bergmann. Da ist doch überhaupt noch nichts entschieden. Jetzt einmal was ganz anderes: Kommen Sie heute abend mit zum Kegeln! Ich habe eine ganz neue Mannschaft aufgetan – ein paar Leute von der Messe sind auch dabei."	Aussage 38: „Ich hab' doch eben den Saalbach hier gesehen. Hat der sich nun endlich für den Bergmann entschieden oder nicht? Wozu haben wir denn einen Arbeitnehmervertreter, wenn der uns nicht ein paar Vorschläge für die Personalentscheidung macht?"
Aussage 32: „Immer dieser Fall Bergmann. Es gibt doch auch noch andere Dinge, die das Leben lebenswert machen. Ich muß jetzt erst einmal meine Frau anrufen und mich zurückmelden."	Aussage 40: „Ich will aber nicht friedlich sein. Die Sache Bergmann dauert mir jetzt schon zu lange. Ich muß doch schließlich mit dem Mann arbeiten. Deswegen bin ich für sofort oder gar nicht."

Die Gegenüberstellung läßt Sie sofort erkennen, daß es sich hier um zwei völlig verschiedene Persönlichkeitstypen handeln muß. Auf der einen Seite ein Hans Laager, der bei allem erfolgreichen Tun die menschliche Komponente nicht vernachlässigt, auf der anderen Seite ein Heinz Peters, der von sich und anderen Entscheidungen fordert, die sach- und erfolgsbezogen sind. Wenn Sie sich die Mühe machen, die Äußerungen der einzelnen Personen einmal aus dem Gesprächsverlauf herauszuziehen, sie lediglich bezogen auf die jeweilige Person zusammenzustellen und dann hintereinander zu lesen, werden Ihnen die Hauptkomponenten sofort nachvollziehbar erscheinen. Das gilt auch für den ausgeprägten T-Typ, Kurt Saalbach, der aus allen drei anderen Komponenten heraus gleichermaßen agiert und reagiert.

Einzelauswertung

Überprüfen Sie jetzt, wie viele der insgesamt 42 Äußerungen Sie richtig bewertet haben. Nehmen Sie sich den Fall Bergmann noch einmal vor, und stellen Sie fest, welche Ihrer Analyseergebnisse mit den Ergebnissen im Lösungsschlüssel übereinstimmen. Damit das Auszählen hinterher leichter wird, ist es sinnvoll, alle Übereinstimmungen im Lösungsschlüssel zu markieren.

0 bis 14 richtige Analysen:

Sie haben sich offensichtlich noch nicht intensiv genug mit dem G.A.T.E.-Persönlichkeitsmodell beschäftigt. Wenn Sie aus der Lektüre dieses Buches persönlichen Profit für Ihr Bewerbungsgespräch ziehen wollen, sollten Sie die Beschreibung der verschiedenen Persönlichkeitskomponenten noch einmal aufmerksam studieren. Es kann natürlich auch sein, daß Sie sich in zu kurzer Zeit zuviel vorgenommen haben oder daß Sie sich einfach in der Beurteilung der einzelnen Äußerungen zu sicher gefühlt haben. In diesem Fall ist es sinnvoll, daß Sie sich einmal ausschließlich mit einem Persönlichkeitstyp beschäftigen: die Beschreibung lesen, die Vor- und Nachteile nachvollziehen und diesen einen Typ im Fall Bergmann wiederzuentdecken versuchen. Am besten eignet sich für ein solches Vorgehen die Persönlichkeitskomponente, die bei Ihnen selbst am stärksten ausgeprägt ist. Wenig sinnvoll wäre es, wenn Sie aufgrund Ihres Analyseergebnisses resignierten. Sie werden es bei allen Bewerbungen mit Menschen, die gemäß ihrer Persönlichkeitsstruktur handeln, zu tun haben, also lohnt es sich auch, sich ein zweites oder ein drittes Mal mit den typischen Eigenheiten der einzelnen Persönlichkeitsstrukturen auseinanderzusetzen.

15 bis 28 richtige Analysen:

Wenn Sie mit Ihren Werten innerhalb dieser Skala liegen, haben Sie ein gutes bis sehr gutes Ergebnis erzielt. War Ihr Ergebnis im sehr guten Bereich, sind Sie beinahe in der Lage, ihre Kenntnisse in der Praxis anzuwenden und vorteilhaft modifizierte Verhaltensweisen bewußt in Bewerbungsgesprächen einzusetzen. Sie sollten Ihren Fähigkeiten allerdings noch nicht blindlings vertrauen, denn immerhin weist Ihr Ergebnis noch Fehleinschätzungen auf.

Diese Fehlerquelle können Sie reduzieren, indem Sie sich zunächst nur auf die Persönlichkeitstypen bewußt einzustellen versuchen, die von Ihnen hundertprozentig erkannt worden sind. Da Ihre Gesprächs- und Handlungspartner in ihrer Persönlichkeitsstruktur unterschiedlich stark ausgeprägt sind, empfiehlt es sich, die Verhaltensmodifikationen zunächst einmal in „klaren Fällen" vorzunehmen. Ihr Analyseergebnis zeigt, daß Sie mit Aussagen, die eindeutig auf eine bestimmte Struktur hindeuten, keine Schwierigkeiten haben. Nutzen Sie also in solchen Fällen Ihre Kenntnisse. Sie werden feststellen, daß Sie in der Beurteilung unterschiedlicher Persönlichkeitskomponenten immer sicherer werden. Erst wenn Sie in der Analyse wirklich sicher sind, sollten Sie damit beginnen, Ihr Verhalten aktiv zu modifizieren.

29 bis 42 richtige Analysen:

Zu Ihrem Analyseergebnis im Fall Bergmann kann man Sie nur beglückwünschen. Sie sind bereits jetzt in der Lage, Äußerungen hinsichtlich unterschiedlicher Persönlichkeitsstrukturen treffend zu klassifizieren. Damit können Sie auch Ihre Verhaltensweisen so modifizieren, daß sie der Persönlichkeitsstruktur Ihres Verhandlungspartners zumindest nicht widersprechen.

Identifizieren Sie dennoch Ihre Fehlanalysen (es sei denn, Sie haben alle 42 Äußerungen richtig analysiert), und stellen Sie fest, bei welchen Typen Sie sich die meisten Fehlerpunkte eingehandelt haben. Es ist fast immer so, daß man die Äußerungen im Bereich der eigenen Hauptkomponente wesentlich leichter identifiziert als die Komponenten, die schwächer ausgeprägt sind.

Sie sollten sich die Mühe machen, den Typ herauszufinden, der Ihnen am meisten Schwierigkeiten bereitet. Mit diesem Persönlichkeitstyp kommen Sie im Bewerbungsgespräch in der Regel am wenigsten zurecht. Damit Sie selbst Ihre Chancen nicht unnötig schmälern, lohnt es sich für Sie, sich gerade mit diesen Persönlichkeitsstrukturen noch einmal intensiv zu befassen.

Zusatzinformationen

Mit der Analyse des Falles Bergmann haben Sie eine schwierige Aufgabe bewältigt. Versetzen Sie sich noch einmal in die Ausgangslage: Sie hatten eine kurz beschriebene Situation, ein paar knappe Informationen zu den handelnden Personen und sechs mündliche, schriftlich fixierte Äußerungen der Beteiligten zur Analyse zur Verfügung. In der Praxis haben Sie wesentlich mehr Informationen:

- Sie sind in einen Kommunikationsprozeß eingebunden, der über einen längeren Zeitraum abläuft.
- Sie können die Situation – und damit die Gesprächsatmosphäre – besser beurteilen.
- Sie können durch die Beobachtung von Mimik, Gestik und Körperhaltung Ihren Verhandlungspartner, den Inhalt und die Wichtigkeit seiner Aussagen besser beurteilen.
- Sie können den Tonfall der Äußerungen mit in Ihre Analyse aufnehmen.

Es gibt zahlreiche Zusatzinformationen, die Ihnen im Fall Bergmann nicht vorlagen. Demnach werden Sie es in der Praxis einfacher haben. Wer im ersten Anlauf weniger als 29 richtige Analysen hatte, kann sich mit der Gewißheit trösten, daß die Treffsicherheit mit der Anzahl der Zusatzinformationen steigt.

Fazit: Gehen Sie davon aus, daß der Personalverantwortliche Ihnen im Verlauf eines Bewerbungsgesprächs so viele Informationen liefert, daß Sie in der Beurteilung der Persönlichkeitsstruktur Ihres Gesprächs- und Verhandlungspartners zunehmend sicherer werden. Erst mit dieser Sicherheit in der Beurteilung haben Sie die Möglichkeit, sich in Ihren Verhaltensweisen auf den Gesprächspartner so einzustellen, daß sein Erleben positiv gesteuert wird.

12. Ihr Ziel für die nächsten drei Tage

Kenntnisse über die eigene Persönlichkeitsstruktur und über die des Verhandlungspartners sind völlig sinnlos, wenn sie nicht aktiv genutzt werden.

Viele erfolgreiche Menschen wissen wenig, aber das Wenige können sie effektiv in die Praxis umsetzen. Auf der anderen Seite gibt es viele Menschen, die sehr viel wissen, aber nicht in der Lage sind, ihr Wissen für sich selbst positiv zu verwerten.

Wenn Sie jetzt mehr über die Persönlichkeitsstruktur Ihrer Mitmenschen wissen, dann sollten Sie möglichst Ihr gesamtes Wissen zum eigenen Nutzen in die Bewerbungspraxis umsetzen. Dazu noch ein paar Tips:

1	Gehen Sie in Gedanken einmal Ihren Verwandten- und Bekanntenkreis durch, und stellen Sie fest, welche stark ausgeprägten Persönlichkeitstypen in Ihrer unmittelbaren Umgebung zu finden sind.

Am besten ist es, wenn Sie eine Liste der Personen anfertigen, mit denen Sie häufiger zu tun haben, und klassifizieren Sie diese Personen durch die Symbole des G.A.T.E-Modells.

2	Bestimmen Sie eine Person aus Ihrem engsten Kreis, bei der Sie hinsichtlich der Klassifizierung am sichersten sind.

Es ist aus meiner Erfahrung am einfachsten, wenn man sich zunächst einmal mit einer Person beschäftigt, die sehr ausgeprägte Persönlichkeitskomponenten aufweist.

3	Halten Sie alle Reaktionen, Verhaltensweisen und wörtlichen Äußerungen dieser Person fest, die für Ihre Klassifizierung sprechen.

Für diesen Schritt sollten Sie etwas in der Vergangenheit ,,graben'', sollten die Dinge festhalten, die Sie ganz sicher machen, warum zum Beispiel Onkel Karl ein A-Typ sein muß. Sie haben sicher noch ein paar Familienfeiern in Erinnerung, anhand derer Sie die Verhaltensweisen Ihrer ,,persönlichen Zielperson'' noch einmal in Erinnerung rufen können. Machen Sie sich Notizen über spezifische Verhaltensweisen oder typische Äußerungen.

4	Analysieren Sie bei nächster Gelegenheit die Verhaltensweisen Ihrer ,,Testperson'' genau und bewußt.

Es ist sinnvoll, bei dieser Analysetätigkeit möglichst viele Einzelheiten der Situation und auch möglichst viele wörtliche Äußerungen schriftlich festzuhalten. Sie haben dann die Möglichkeit, Ihre ursprüngliche Einschätzung mit Beobachtungen aus der Praxis zu belegen.

5	Legen Sie der beobachteten Person die Beschreibung des von Ihnen analysierten Persönlichkeitstyps vor und lassen Sie sie beurteilen, inwieweit die Beschreibung zutreffend ist.

Am besten ist, wenn Sie diese Person mit Hilfe einer Skala von 0 bis 100 beurteilen lassen, inwieweit die Beschreibung auf sie zutrifft.

6	Geben Sie auch die Persönlichkeitsbeschreibungen zur Lektüre auf, die Ihrer Meinung nach nicht auf die von Ihnen ausgewählte Person zutreffen.

Wenn die ausgewählte Person wiederum auf einer Skala von 0 bis 100 sich selbst eingeschätzt hat, werden Sie feststellen, daß sie sich in unterschiedlichem Ausmaß in allen Persönlichkeitstypen wiedergefunden hat. Dies ist auch nicht verwunderlich, weil jeder Mensch aus verschiedenen Verhaltenspotentialen heraus agieren und reagieren kann. Wichtig ist für Sie , daß die Hauptkomponente des Verhaltenspotentials von beiden richtig erkannt wurde.

7	Lassen Sie durch eine dritte Person Ihr Analyseergebnis bestätigen.

Es hat sich als nützlich erwiesen, die eigenen Analyseergebnisse durch sachkundige Dritte bestätigen zu lassen, weil es immer eine Diskrepanz zwischen dem Eigen-, Fremd- und Wunschbild geben wird. Ein neutraler Dritter kann dazu beitragen, Ihre individuell begründete Fehlerquote zu minimalisieren.

8	Gehen Sie bei Ihrer Analysetätigkeit Schritt für Schritt auf Persönlichkeitsstrukturen über, die Ihnen weniger eindeutig erscheinen.

Sie sollten hierbei wie zuvor beschrieben vorgehen. Bedenken Sie, daß nicht bei allen Persönlichkeitstypen die Komponenten G, A oder E besonders ausgeprägt sein müssen. Bei den T-Typen werden Sie sich schwertun, eine dieser Komponenten in ausgeprägtem Maße zu analysieren.

9	Versuchen Sie, Ihre Verhaltensweisen so zu verändern, daß Sie den von Ihnen richtig erkannten Persönlichkeitstypen entsprechen.

Versuchen Sie nicht zuviel in zu kurzer Zeit. Meine Erfahrung bestätigt immer wieder, daß es sinnvoller ist, die eine oder andere Verhaltensmodifikation, die in diesem Buch beschrieben ist, auszuprobieren. Aber man sollte nicht von heute auf morgen alle individuellen Verhaltensweisen über Bord werfen. Nehmen Sie sich etwas ganz Konkretes für das nächste Bewerbungsgespräch vor, und versuchen Sie, diese Verhaltensmodifikation im nächsten Gespräch bewußt und gezielt in die Praxis umzusetzen. Auf diese Weise lernen Sie, sich schrittweise auf den Gesprächspartner einzustellen.

10	Machen Sie von den auf den nächsten Seiten angebotenen Checklisten Gebrauch.

Jede Verbesserung bedarf der Kontrolle. Kontrollieren Sie die Wirkung Ihrer Verhaltensverbesserung mit Hilfe der Checklisten auf den nächsten Seiten. Nutzen Sie dieses Angebot; es erlaubt Ihnen Rückschlüsse darauf, warum Sie bei einem Bewerbungsgespräch erfolgreich waren oder in welchen Verhaltensbereichen Sie sich noch verbessern können.

13. Checklisten zur Überprüfung der individuellen Bewerbungsstrategie

Das nachfolgende Checklisten-Angebot soll Ihnen helfen, Ihre Verhaltensveränderungen zu kontrollieren, damit Sie gezielt Verbesserungen vornehmen können.

Nehmen Sie sich nach jedem Bewerbungsgespräch die Checkliste vor, und beurteilen Sie – so kritisch wie möglich – Ihre Verhaltensweisen während des Gesprächs. Bei Fragen, die Sie ehrlicherweise mit „nein" beantworten müssen, finden Sie für sich selbst Ansatzpunkte zur Verbesserung der Gesprächsführung. Je mehr „Ja-Beurteilungen" Sie für sich selbst in Anspruch nehmen können, desto besser war das Gespräch aus Ihrer Sicht.

Mit dieser Eigenbeurteilung sollten Sie die „Aktionen: Bewerbung" allerdings nicht auf sich beruhen lassen. Wenn Sie einen negativen Bescheid erhalten, nimmt es Ihnen kein Personalverantwortlicher übel, wenn Sie höflich und sachlich nachfragen, welche Fehler Sie beim persönlichen Bewerbungsgespräch gemacht haben und wie Sie sich aus der Sicht des Personalverantwortlichen im Bewerbungsgespräch in Zukunft besser verhalten sollen.

Beispiel:

Sie: „Herr Personalverantwortlicher, ich habe am soundsovielten ein Bewerbungsgespräch mit Ihnen geführt. Heute erhielt ich eine Absage. Liegen die Gründe für Ihre Absage im Bewerbungsgespräch selbst?"

Für den Personalverantwortlichen gibt es zwei Möglichkeiten: Entweder er sagt Ihnen, daß man sich für einen Bewerber mit besseren fachlichen Qualifikationen entschieden hat, oder aber er sagt Ihnen (ehrlicherweise, weil er mit Ihnen nichts mehr zu tun hat), warum Sie im persönlichen Gespräch den weniger guten Eindruck gemacht haben.

Führt er einen Grund aus dem ersten Entscheidungsbündel an, dann war nicht Ihr Verhalten im Bewerbungsgespräch ausschlaggebend, sondern ein anderer Faktor (etwa der Schulabschluß), den Sie nicht (mehr) beeinflussen können. Ist der Grund der Absage jedoch im Bewerbungsgespräch zu suchen, dann sollten Sie unbedingt eine weitere Frage stellen:

Beispiel:

Sie: „Ich bin Ihnen sehr dankbar, daß Sie mir gegenüber so offen sind und Ihre Gründe für die Absage darlegen. Sie können sich sicher vorstellen, daß ich beim nächsten Bewerbungsgespräch die gleichen Fehler nicht noch einmal machen möchte. Sagen Sie: Was kann ich besser machen?"

Jeder Personalverantwortliche, der Sie ja immerhin schon einmal in der engeren Wahl hatte, wird wohl Verständnis dafür haben, daß Sie die Gründe für die Ablehnung erfahren wollen. Zwar will ich Ihnen keine unberechtigten Hoffnungen für den Fall der Ablehnung machen, aber im Laufe meiner Zeit als Personalberater ist es zweimal vorgekommen, daß die Entscheidung nachträglich revidiert wurde – zugunsten eines Bewerbers, der sich nach der Absage höflich nach den Gründen für die Ablehnung erkundigt hatte. Auf einen solchen Ausnahmefall sollten Sie nicht spekulieren, dennoch erhalten Sie wahrscheinlich wertvolle Hinweise darüber, wie Sie sich beim nächsten Bewerbungsgespräch besser verhalten können.

Sie werden feststellen, daß sich die Beobachtung des Personalverantwortlichen mit Ihrer Eigeneinschätzung in der überwiegenden Zahl der Fälle decken wird. Sie haben also über die Auskunft durch den Personalverantwortlichen und durch kritische Selbstbeurteilung zwei Informationsquellen, die es Ihnen erleichtern, die Ansatzpunkte zu Verhaltensveränderungen für Ihre Bewerbungspraxis zu nutzen.

Checkliste für Bewerber mit einer starken G-Komponente

		ja	teils/ teils	nein
1.	Haben Sie klare und unmißverständliche Formulierungen verwendet?	○	○	○
2.	Haben Sie ironische oder gar sarkastische Äußerungen vermieden?	○	○	○
3.	Haben Sie mehr gefragt als argumentiert?	○	○	○
4.	Haben Sie die nichtsprachlichen Äußerungen des Personalverantwortlichen richtig gedeutet?	○	○	○
5.	Ist es Ihnen gelungen, plump-vertraulichen Gesprächen aus dem Weg zu gehen?	○	○	○
6.	Hatten Sie Ihre Nervosität zumindest so weit unter Kontrolle, daß sie nach außen nicht sichtbar wurde?	○	○	○
7.	Haben Sie es vermieden, Ihre bisherigen beruflichen Erfolge zu verniedlichen?	○	○	○
8.	Haben Sie es geschafft, Aussagen ohne zusätzliche Erklärungen zu machen?	○	○	○
9.	Konnten Sie Ihre Emotionen so zum Ausdruck bringen, daß sie beim Personalverantwortlichen Wirkung gezeigt haben?	○	○	○
10.	Hat sich Ihr Urteil hinsichtlich der Persönlichkeitsstruktur des Personalverantwortlichen im Verlauf des Bewerbungsgesprächs als richtig erwiesen?	○	○	○

Checkliste für Bewerber mit einer starken A-Komponente

		ja	teils/ teils	nein
1.	Haben Sie den Personalverantwortlichen ausreden lassen?	o	o	o
2.	Haben Sie es vermieden, zu laut, zu schnell und zu unartikuliert zu sprechen?	o	o	o
3.	Hatten Sie Ihre Spontaneität und Impulsivität jederzeit unter Kontrolle?	o	o	o
4.	Haben Sie weniger Gesprächsanteile beansprucht als der Personalverantwortliche?	o	o	o
5.	Haben Sie Gedankensprünge vermieden?	o	o	o
6.	Haben Sie immer auf der sachlichen Ebene argumentiert?	o	o	o
7.	Haben Sie bei der Beschreibung Ihrer bisherigen beruflichen Erfolge Übertreibungen vermieden?	o	o	o
8.	Haben Sie zum Schluß des Gesprächs die besprochenen Vereinbarungen zusammengefaßt?	o	o	o
9.	Haben Sie eine eventuell vorhandene dritte Person ins Gespräch einbezogen?	o	o	o
10.	Hat Ihre Einschätzung des Personalverantwortlichen hinsichtlich seiner Persönlichkeitsstruktur sich im Verlauf des Bewerbungsgesprächs als richtig erwiesen?	o	o	o

Checkliste für Bewerber mit einer starken T-Komponente

		ja	teils/ teils	nein
1.	Hat sich Ihre Einschätzung des Personalverantwortlichen hinsichtlich seiner Persönlichkeitsstruktur im Verlauf des Bewerbungsgesprächs als richtig erwiesen?	○	○	○
2.	Haben Sie sich bewußt auf die Unterschiedlichkeit Ihrer Persönlichkeitstypen eingestellt?	○	○	○

		ja	teils/ teils	nein
3.	Haben Sie dem G-Typ genügend Zeit gegeben, sich zu artikulieren?	○	○	○
4.	Haben Sie bei einem Gespräch mit einem G-Typ Zwischenergebnisse wiederholt und damit bestärkt?	○	○	○
5.	Ist es Ihnen beim G-Typ gelungen, das Gespräch auf der sachlichen Ebene zu halten?	○	○	○
6.	Haben Sie beim G-Typ die Vereinbarungen abschließend zusammengefaßt?	○	○	○

	ja	teils/ teils	nein
7. Haben Sie beim A-Typ auf komplizierte und langatmige Erläuterungen verzichtet?	o	o	o
8. Haben Sie den Gedankensprüngen und der Impulsivität des A-Typ mühelos folgen können?	o	o	o
9. Haben Sie Ihre Vorstellungen von Konditionen klar und unmißverständlich zum Ausdruck gebracht?	o	o	o
10. Haben Sie mehr die Technik des Fragens als die des Argumentierens eingesetzt?	o	o	o

	ja	teils/ teils	nein
11. Haben Sie gegenüber dem E-Typ genügend Bereitwilligkeit gezeigt, über die eigene Person zu sprechen?	o	o	o
12. Haben Sie die Gesprächsführung weitgehend dem Personalverantwortlichen mit einer stark ausgeprägten E-Komponente überlassen?	o	o	o
13. Haben Sie gegenüber dem E-Typ nur echte und keine vorgetäuschten Gefühle gezeigt?	o	o	o
14. Ist es Ihnen gelungen, dem E-Typ deutlich zu machen, daß Sie neben der Leistungsbereitschaft auch ein Bedürfnis nach Menschlichkeit haben?	o	o	o

	ja	teils/ teils	nein
15. Haben Sie sich bei mehreren Gesprächspartnern gleichermaßen gut auf unterschiedliche Persönlichkeitsstrukturen einstellen können?	○	○	○

Checkliste für Bewerber mit einer starken E-Komponente

		ja	teils/ teils	nein
1.	Haben Sie auf alle Fragen sachlich, kurz und präzise geantwortet?	○	○	○
2.	Haben Sie es vermieden, sich auf allzu persönliche Gesprächsthemen einzulassen?	○	○	○
3.	Haben Sie mehr in die Zukunft als aus der Vergangenheit heraus argumentiert?	○	○	○
4.	Ist es Ihnen gelungen, Beispiele aus dem Bekannten-, Verwandten- und Freundeskreis zu vermeiden?	○	○	○
5.	Haben Sie gezielt nachgefragt, wenn Sie etwas nicht verstanden haben?	○	○	○
6.	Haben Sie mehr gefragt als argumentiert?	○	○	○
7.	Haben Sie es vermieden, sich über andere Bewerbungssituationen oder andere Personalverantwortliche zu beklagen?	○	○	○
8.	Konnten Sie Ihren bisherigen beruflichen Werdegang ohne persönliche Wertungen schildern?	○	○	○
9.	Konnten Sie zum Abschluß des Bewerbungsgesprächs ein objektiv überprüfbares Ergebnis erzielen?	○	○	○
10.	Hat sich Ihre Einschätzung des Personalverantwortlichen bezüglich seiner Persönlichkeitsstruktur im Verlauf des Bewerbungsgesprächs als richtig erwiesen?	○	○	○

Hinweise zur Auswertung Ihrer Checkliste

Wenn Sie die Fragen der auf Sie zutreffenden Checkliste gewissenhaft beantwortet haben, werden Sie feststellen, daß überall dort, wo Sie mit *nein* oder *teils/teils* geantwortet haben, ein Defizit besteht, das Sie für künftige Bewerbungsgespräche unbedingt abbauen sollten. Verschaffen Sie sich einen Überblick über Ihre „Defizite" und arbeiten Sie an sich:

- Indem Sie beispielsweise *gezieltes Nachfragen* üben, falls Sie etwas nicht verstanden haben.

  Dazu gehören zum Beispiel:

  Fachbegriffe
  unbekannte Personen
  Firmenzusammenhänge
  Vertragsbedingungen
  zukünftige Mitarbeiter

- Nehmen Sie sich für künftige Bewerbungsgespräche und ähnliche Situationen konkrete Verhaltensänderungen vor. *Halten Sie Ihre Vorsätze schriftlich fest* – zur späteren Kontrolle.

  Beispiel

  Wenn in einem Bewerbungsgespräch der Name eines Ihnen unbekannten Mitarbeiters fällt, stellen Sie eine öffnende Frage, etwa: „Welche Funktion hat Frau X in diesem Betrieb?", oder: „In welchem Bereich habe ich mit Frau X zu tun?"

Wenn Sie sich auf diese Weise mit Ihrem eigenen Verhalten (wie Sie denken und handeln) auseinandersetzen und zur besseren Beurteilung Ihres Verhaltens die Meinung des Personalverantwortlichen nachträglich mit einbeziehen, werden Sie in Zukunft Bewerbungsgespräche, aber auch darüber hinausgehende entscheidende Verhandlungssituationen souveräner, mit mehr innerer Sicherheit bewältigen.

14. Schlußwort: Bleiben Sie Ihrer Persönlichkeit treu – auch in schwierigen Bewerbungssituationen

Sie haben viel für sich getan, wenn Sie dieses Buch durchgearbeitet haben. Sie kennen jetzt Ihre individuellen Stärken und Schwächen, wissen, wie man den Gesprächs- und Handlungspartner hinsichtlich seiner Persönlichkeitsstruktur erkennen kann, und – was besonders wichtig ist – Sie sind jetzt in der Lage, Ihr Verhalten so abzuändern, daß Sie im persönlichen Bewerbungsgespräch zumindest keine groben Fehler mehr machen.

Um den Erfolg zu sichern, sind sie aufgefordert, die Hinweise und Anregungen in die tägliche Praxis umzusetzen. Warten Sie nicht auf die „große" Gelegenheit, sondern nützen Sie jede geeignete Situation zum *Üben*.

Aus meiner Erfahrung mit Bewerbern und Seminarteilnehmern weiß ich, daß es Spaß macht, sich mit den unterschiedlich ausgeprägten Persönlichkeitskomponenten des Gesprächspartners auseinanderzusetzen, um dann die richtigen Schlüsse für die eigene Verhaltensänderung zu ziehen:

Stets ist man gefordert, richtig zu handeln und richtig zu reagieren. Man lernt schnell, wenn man sich – jeweils im Hinblick auf seinen Gesprächspartner – falsch verhalten oder erfolgreich „angepaßt" hat. Auch die psychologische Lernforschung bestätigt: Verhaltensweisen werden dann verstärkt, wenn sie zum Erfolg führen, sie werden in zunehmenden Maße abgebaut, wenn Mißerfolg droht.

Die Verantwortung, das G.A.T.E.-Persönlichkeitsmodell für sich selbst nutzbringend anzuwenden, liegt bei Ihnen. *Sie* müssen ein Gespür dafür entwickeln, mit welcher Persönlichkeitsstruktur Sie es in einer konkreten Bewerbungssituation zu tun haben. *Sie* müssen entscheiden, welche Maßnahmen Sie ergreifen wollen, um das Gespräch positiv zu gestalten. Und nicht zuletzt: *Sie* selbst sind aufgefordert, Erfahrungen negativer oder positiver Art bewußt zu registrieren, um Ihre Position beim nächsten Bewerbungsgespräch verbessern zu können.

Sie sind ein entscheidener Faktor!

Es gibt keine Patentrezepte, wie *man* sich gegenüber Personalverantwortlichen verhalten sollte (kann es auch nicht geben, weil jeder Mensch in seiner Persönlichkeitsstruktur einmalig und unverwechselbar ist). Aber: *Sie* können sich auf unterschiedliche Verhaltensmuster bewußt und gezielt einstellen. Das Sich-Einstellen auf den Gesprächspartner verhindert Konfrontationen und trägt dazu bei, Sympathien zu wecken.

Schwierige Bewerbungssituationen

Natürlich läuft nicht jedes Bewerbungsgespräch wunschgemäß ab. Wer bereits Bewerbungspraxis hat, wird mir sicher zustimmen, daß manch eine Frage des Personalverantwortlichen, die in den persönlichen Bereich zielt, unzulässig ist und daß es so etwas wie *Streßinterviews* eigentlich nicht geben dürfte. Tatsache ist: es kommt vor.

Sind Sie sich Ihrer Stärken und Schwächen aber bewußt, können Sie sich auf Ihren Gesprächspartner optimal einstellen. Sind Sie darüber hinaus bereit, liebgewordene (aber untaugliche) Verhaltensweisen zu ändern, so brauchen Sie keine Bewerbungssituation zu fürchten.

In der Bewerbungssituation verkaufen Sie in erster Linie sich selbst.

Versuchen Sie nicht, eine Rolle zu spielen, die Ihnen irgendein Personalverantwortlicher versucht aufzudrängen. Selbst wenn Ihnen „das Schlimmste“ passieren sollte – der *Blackout*, die totale Leere im Gehirn, die Unfähigkeit, selbst einfachste Gedanken zu äußern: *Bleiben Sie Ihrer Persönlichkeitsstruktur treu.* Jeder Personalverantwortliche hat Verständnis, wenn Sie ihm sagen: „Ich kann im Augenblick keinen vernünftigen Gedanken fassen. Lassen Sie mir bitte eine Minute Zeit, um mich neu zu konzentrieren."

Auch Personalverantwortliche haben persönliche Bewerbungen und Prüfungen hinter sich und kennen die psychische Belastung im Bewerbungsgespräch. Denken Sie insgesamt konstruktiv; es zeigt sich in Ihrem Verhalten, in Ihrem Selbstverständnis.

Jedes Bewerbungsgespräch, das Ihnen eine Position in Aussicht stellt, die Ihren Neigungen und Vorstellungen entspricht, kann Ihnen den Weg zu einem erfüllenden Berufsleben ebnen. Die gezielte Gesprächsvorbereitung kann dabei ausschlaggebend sein:

Wissen und kontrolliertes Verhalten schaffen Sicherheit und Souveränität – zwei Aspekte, die bei jedem Personalverantwortlichen ein positives Erleben bewirken. Damit sichern Sie sich Ihren persönlichen Erfolg.